T0099764

Princesa De Hielo

Locura Silente

Jasmin Marie Romero

Compre este libro en línea visitando www.trafford.com
o por correo electrónico escribiendo a orders@trafford.com

La gran mayoría de los títulos de Trafford Publishing también están disponibles en las principales tiendas de libros en línea.

Aviso a Bibliotecarios: La catalogación bibliográfica de este libro se encuentra en la base de datos de la Biblioteca y Archivos del Canadá. Estos datos se pueden obtener a través de la siguiente página web: www.collectionscanada.ca/amicus/index-e.html

Impreso en Victoria, BC, Canadá.

ISBN: 978-1-4269-2932-8 (sc)

En Trafford Publishing creemos en la responsabilidad que todos, tanto individuos como empresas, tenemos al tomar decisiones cabales cuando estas tienen impactos sociales y ecológicos. Usted, en su posición de lector y autor, apoya estas iniciativas de responsabilidad social y ecológica cada vez que compra un libro impreso por Trafford Publishing o cada vez que publica mediante nuestros servicios de publicación. Para conocer más acerca de cómo usted contribuye a estas iniciativas, por favor visite:http://www.trafford.com/publicacionresponsable.html

Nuestra misión es ofrecer eficientemente el mejor y más exhaustivo servicio de publicación de libros en el mundo, facilitando el éxito de cada autor. Para conocer más acerca de cómo publicar su libro a su manera y hacerlo disponible alrededor del mundo, visítenos en la dirección www.trafford.com

Trafford rev. 05/21/2010

www.trafford.com

Para Norteamérica y el mundo entero
llamadas sin cargo: 1 888 232 4444 (USA & Canadá)
teléfono: 250 383 6864 • fax: 812 355 4082
correo electrónico: info@trafford.com

En tú boca enmarco el silencio que destila
la estancia solitaria de nuestro deseo
mientras el tacto de nuestros dedos se
juegan la travesía de caricias fugaces
que cesan para arremeter nuevamente
con la firmeza y el coraje de desearlo
todo a la misma vez estrujandose en la
nada, las ansias que tus ojos devoran,
que los mios añoran.

Tú cuerpo, mi cuerpo, tus labios, mis labios,
indecisión tras decisión y en el aire quedando
al pendiente las ganas de ésta, nuestra locura
silente.

Para que una palabra que desplome el instinto si
el lenguaje corporal de nuestros sexos logran
entenderse perfectamente entre las sabanas de la
intimidad.

Gemido tras gemido agotando el morbo del erotísmo
y en éste un palpitar acelerado, un ruego despiadado,
"que no termine nunca pasión arrasadora" escucho decir
a la voz de la inconciencia quien admite ser culpable
del encierro inevitable en que juegan nuestros cuerpos
de manera incontrolable.

Me siento con ganas de llevar al limite el instinto,
que por unos minutos se pierda la moral como se pierde
un libro que nunca se ha escrito en las hojas del volátil
enamoramiento.

INTRODUCCION

CARTA A UN HERMANO

Y fue ella quien hablo primero.

- Yo tenía razón, sus sentimientos no son sinceros. Un hombre que ama no toma su amor en contra de su voluntad.

Contesté.

- Es usted muy inocente o es usted muy arpía.
- Prefiero que me tachen de arpía –refutó- a que me culpen de tonta.
- ¡Por qué no se explica mejor!
- Si soy arpía, lo soy y nadie me quita ese don, mas ser tonta indica la burla de los demás…
- Y supongo que es algo a lo que usted se niega.
- En efecto.
- ¿Mañana estará libre?
- ¿Cuánto pagará?

La miré con tristeza tras comprender lo que el alcohol en conjunto con los celos habían hecho, pero mi alma ya estaba destrozada. Ella había logrado su objetivo, tanto que mis sentimientos se estaban transformando en hielo. La tristeza momentánea que percibí en mí, desapareció sin dejar rastro.

- ¡Lo que usted me pida!
- No me haga reír y ponga una suma.

Ella volvió a retarme con su mirada altiva, como si su piel no había sido maltratada y si lo fue actuaba como si poco le importara, como si ya estuviese acostumbrada.

- Ya le dije, lo que usted me pida.
- Estaré ocupada.

Su mirar nuevamente se había congelado ante mi presencia.

- ¿Por qué duda usted?
- Yo no estoy dudando.

Puse mis manos en su rostro.

- ¿Está segura de eso?
- Basta, no le permitiré que me toque, el tiempo por el cual pagó ya ha pasado.
- No me diga que detesta la caricia del amor sincero.
- ¿Amor sincero dice usted? -El sarcasmo se hizo su cómplice para ese instante mientras que una sonrisa se dibujó en sus labios-
- Así es, ¿de qué se ríe?
- Si me hubiese dicho que esta noche me divertiría tanto, no le hubiese cobrado.
- ¡Se ríe del amor! Hace unos minutos no reía, por el contrario, sus ojos ahora fríos, ardían...

Ella me interrumpió.

- Por el morbo.
- Por lo que haya sido, la cuestión es que usted miraba distinto.
- Su tiempo acabó.
- No, no ha acabado. Será mía una vez más.
- ¿Piensa tomarme a la fuerza?
- Si fuese necesario lo haría pero usted me desea...
- ¡Váyase!
- ¡No!

La tomé en mis brazos, la besé como solo un hombre enamorado puede hacerlo, sentí sus labios fríos bajar la guardia entregándose a mi beso, tres segundos más tarde tenía su mano en una de mis mejillas, su voz gritó con firmeza, los guardas del salón entrarón sacándome a la calle como al peor criminal.

Raúl me prohibió la entrada al salón. Las personas que estaban en el salón salierón a observar escena tan sucia, escena que me dejaba en ridículo, escena que denigró mi reputación; fue cuando sentí la vergüenza de aquellos hombres que de igual manera habían sido lanzados a la calle.

Todos me veían con horror, como a un violador, me sentí humillado y fijos en mí encontré los ojos de mi princesa, los cuales contenían una emoción indescriptible, no supe si reían en ese momento o si su brillo correspondía al hielo salado que estaba derritiéndose.

Escuché las opiniones de varios clientes.

- Llevémoslo con las autoridades.-Pero Raúl intervino-.
- No, gracias a los servicios prestados de éste hombre el salón continúa abierto y en honor a ese favor perdonaré su atrevimiento. Ramírez como sabe usted no puedo concederle la entrada a mi salón.

Mis ojos estaban desorbitados y los clave fijamente en ella, olvidando que Raúl se dirigía a mí, olvidando los susurros de los demás.

La ví entrar al salón, los demás le siguierón dejándome tirado como si fuese un vulgar criminal.

Amigo, no sé si este bien contar mis intimidades pero en usted está depositada mi confianza y se que no ha de juzgarme. Aquí me encuentro con mi amiga soledad entre cuatro paredes y los pensamientos en un hilo.

Esta prisión, este pequeño cuartucho al cual me han metido parece más grande que toda una ciudad, pues el frió, el sabor a soledad que aquí alberga es deprimente.

En cuanto me sea posible he de contarle el resto de mi historia. La próxima vez comenzaré desde el principio, no omitiré una palabra.

Aquí le envió esta humilde carta para que sepa el motivo de mi encierro, el motivo por el cual ha de recibir tantas cartas como sea necesario, hasta agotar mi historia.

No espero respuestas suyas, me queda la satisfacción de que seré escuchado. Si me disculpa he de dormir para soñar con ella como lo hago desde el día en que mis ojos le vierón.

Sin más que decir se despide…

R.

CARTA A UN HERMANO II

Iniciaré contando lo deprimente que es estar en este lugar.

El tiempo transcurre lento y no sé hacer más que escribirle, espero me dispense si mando cartas que no concuerden con la cronología de mi historia, debe usted saber que ya perdí la noción del orden a pesar que no olvido cada escena, cada palabra.

Ella ha dejado mi mente fuera de lugar; así es amigo mío, le amo hasta perder los sentidos pero el rió de mis ojos ya secó, ya secó.

Como el mejor vino en mi paladar es ella el delirio de mis emociones, no sé si soy un sensible o un insensible tal vez por agobiar a tan bella flor con la propuesta de un idealista que la soñó, que la inventó de mil maneras.

Así soy y lo sabe usted; mejor dicho, era yo un joven ingrato movido por la curiosidad del morbo literario, hoy mi corazón es el joven ingrato movido por la poesía que con devoción dedico a la flor que ha marchitado con esmero la flor de mi ilusión.

Mi corazón ha perdido las raíces del regocijo, los bríos de pica flor. Ella, aunque usted no lo crea ha dejado en el su huella.

Le apuesto mi fiel amigo todo cuanto poseo que si busca en mi corazón solo hallará su nombre impreso.

Vivía y aún vivo perdido en sus recuerdos. Ella vive para esquivar las propuestas de mis ojos negros, aquéllos que han quedado perplejos ante semejante escultura de hielo.

De hielo blando es su figura, de hielo grueso es su pasión y qué decir del alma que hace tiempo congeló los latidos de su corazón y de igual manera los sentimientos que la enmarcaban ante mí como una de las esculturas más finas, jamás antes vista.

Mi corazón lloró en silencio tras sentir la frialdad de su desprecio, mi razón divaga en el triste recuerdo de un instante fugaz a finales del mes de septiembre del triste año que me ha arrastrado a la desolación.

La busqué y no le encontré, inventando cada excusa para asistir a una cita entre la distancia de su ser y mi triste yo interno.

La inventó de mil maneras puesto que al seguir su rastro descubrí verdades que no alegrarón a mi corazón, el interés mueve los ojos de mi dulce princesa más bien mi princesa de hielo.

Recuerdo como hoy, noche simple del mes de septiembre, el mes en que renací, el mes en que una mirada devolvió la vista a mi sentir alejando a mi amiga la tristeza, acercando a los sueños banales dos personas que no se conocen, porque no le conozco, nunca se mostro tal cual es. Me enamore de la ilusión de mis fantasías.

Ese día me perdí en su mirada y quise soñarle hasta agotar las ganas.

Montones de veces incité a encuentros que parecían coincidencias, los arreglaba a solas con mi amigo el silencio.

Maquinaba cada palabra que diría, cada gesto que utilizaría pero al verle me abordaba el pánico y la voz la dejaba a medias, escapando de mi boca palabras vacías y sin sentido.

Me pregunté varias veces si era amor, solo recibía respuestas a medias que hilvanaba mi mente.

Cuando al fin ella empezó a buscarme con la mirada, feliz recibía la conexión que sus ojos daban a mis ojos, en ocasiones habló con la estúpida voz de mi corazón, aquel que desperdició cada oportunidad de acercamiento. Cuestioné entonces la experiencia de pertenecer al cuerpo de autoridad nacional, de tener a mi mando la vida de un grupo de hombres a los cuales yo comandaba, de hablar a personas importantes con la seguridad que antes me identificaba; como no cuestionarme si cuando le veo mi voz se desmaya, mi boca se cierra lentamente y mi mente queda flotando en el blanco color de las nubes.

¿De qué me sirve tanta experiencia si no tenía para ese entonces el valor de saludarle, si mis cuerdas vocales no me obedecían y mi corazón golpeaba su caparazón con la furia incesante de la desesperación?

Yo la busqué, ella me esquivó, ella me buscó yo la ignoré, ahora es ella quien ignora yo soy quien le busca en los recuerdos.

Siempre fue lo que no quise creer. Dejé volar la imaginación inventándola de miles formas y ahora que veo la cruda realidad solo me resta inventar una vez más a mi princesa de hielo.

Y ahora con la misma pena que he iniciado esta carta se despide un hombre que ya no tiene alma.

R.

CAPITULO I

Estas hojas relatan ese día cuando mis ojos se posarón en Lucrecia o Nadia como todos le llaman. Volví a verla después de 15 años, pero no la reconocí. Estaba hermosa.

Esa noche estaba de servicio investigando la muerte de Plinio Mendoza, el empresario que fue visto por última vez en el burdel de Raúl. La victima acostumbraba visitar a Don Raúl y a Nadia por supuesto.

Nadia iba moviendo sus caderas al ritmo de la música de un gran salón de galas, el cual se había convertido en su hogar y también en su infierno.

Bailando y tongoneándose se presentaba ante una decena de caballeros, si es que así pueden llamarse; caballeros que se daban citas todas las noches para alabar sus encantos y tratar de ser el afortunado de ir hasta la alcoba de la hermosa Nadia, quien era la más acortejada del salón, la más codiciada y es que la belleza de Nadia es tan evidente que los hombres hacían filas y más filas tan solo para verle.

Nadia sin lugar a dudas era la mas envidiada de sus compañeras, ¿quién no la envidiaría? El salón parecía suyo puesto que ella si podía elegir los hombres con los que iría a la cama al contrario de las demás quienes no poseían el gran privilegio de la exuberante belleza que Nadia poseía.

La cortesana más valiosa para Raúl, dueño único de la casa de citas a la que Nadia pertenecía. Nadia era un sol, era el valioso delfín de Raúl como le nombraban en su carrera de mujer de la vida alegre.

Para Raúl y los demás hombres que habían tenido el privilegio de tocarla, Nadia era hermosa como el Delfín, su cabello color castaño era suave como la seda, su nariz era perfilada, una nariz perfecta, ojos azules, labios rojos y pequeños; en resumen más que un delfín podría compararse con un ángel.

Era el ser más hermoso que había visto, una mujer digna de ser llamada princesa al menos por su belleza.

Su belleza me hipnotizó de tal manera que empecé a seguirla por todo el salón tratando de escuchar sus palabras. La ví entrar con Elisa al tocador.

- Quita esa cara de tristeza y volvamos a la fiesta, es en tú nombre, recuerda que hoy cumples 15 años con nosotros.
- Si, hoy hace 15 años que abandoné mi hogar.

Mi corazón volvió a saltar, esta vez con más fuerza. Decidí que debía seguir escuchando, que debía hablar con ella en persona y fue así como después de esa noche inventaba cada excusa para verle.

- Cambia esa cara por mí ¿sí? Me harás sentir culpable, yo te presente a Raúl, yo te presente esta vida.
- No, tú me mostraste esta vida pero nunca me dijiste que entrara en ella.
- De cierta manera lo hice.
- Yo soñaba con ser… ser alguien por la cual mi familia abría de sentir orgullo, fue mucha mi ambición y más grande fue mi ingenuidad.
- Lucrecia…
- He tenido que sacrificar muchas cosas, mi cuerpo, lo único sagrado que poseía. Mi familia era humilde sin embargo siempre se supo que éramos personas honradas.

- Ellos te señalarón, por eso saliste huyendo. Te llamarón ramera antes de que lo fueras y tan solo por creer en las palabras de un grupo de chismosos malintencionados.
- Tal vez era mi destino y traté de eludirlo.

Elisa salió y tras cerrarse la puerta Nadia volvió a suspirar, imagino que por su familia, por su inocencia corrompida, por su ambición, por su ingenuidad al pensar que sería fácil convertirse en esa persona que soñaba sin sacrificio alguno. Se equívoco, fue entonces cuando pensé que todos debemos sacrificar ciertas cosas para llegar a la meta trazada. A Lucrecia le tocó sacrificar su cuerpo, lo único que tenía valor para ella en medio de la pobreza que su familia arrastraba.

Según lo que pudé escuchar de los labios de Nadia cuando Raúl le había dicho que tenía que dejarse tocar, entregarse a diferentes hombres todas las noches, se llenó se miedo mas no podía regresar a su pueblo sin dinero. Su orgullo fue más grande que su ternura y la frialdad la envolvió quitándole la venda de los ojos, dejando sus ojos descubiertos ante un mundo que ella no conocía, el mundo de las calles, donde todos luchan por sobrevivir.

La ví retomar la actitud firme que le caracteriza, salió del tocador para unirse a un grupo de fumadores quiénes de inmediato le ofrecierón cigarros, alcohol y uno que otro bocadillo.

- Alonso, yo no le pregunto a hombre alguno sobre sus problemas, si le preguntara los nombres a todos los hombres con los que me he acostado le aseguro que no cabrían apuntes en mi alcoba, tendría que tomar una alcoba solo para ello y me temo que tampóco cabrían.

Todos rierón al escuchar semejante confesión, por mi parte me olvidé por completo de que mi Lucrecia fuese la mujerzuela que tenía enfrente pero muy a pesar de ello mi interés por tan hermosa cortesana fue en aumento.

Varias veces visité el salón de Raúl con la esperanza de que al fin mi princesa me diese paso a su castillo.

Su mirada continuaba esquiva y la mía insistente. Sus ojos siguen en mis pensamientos mientras su cuerpo aparece a diario en mis sueños.

Si tan solo supiese que su aroma había quedado en mi olfato como el olor de las flores en plena primavera, si tan solo supiese que en mi corazón estaba el latir de su corazón, entonces sabría en verdad cuanto amo y que tan importante se tornó ella para mí.

Si supiese que con solo soñarle pude definir la mezcla agridulce de sus labios, que su aroma conocí y solo en sueños la había tenido hasta ese entonces.

Me encontraba en el salón de Raúl, reunido con éste. La media noche se aproximaba y ella se acercó, mi vista se nubló por un instante, segundos después me encontraba bailando una pieza con mi princesa.

Mientras la sujetaba contra mi pecho ví llegar a un caballero distinguido que de inmediato abordó a Raúl; ví a mi princesa guiñarle un ojo, la ví sonreír, respondí a esa sonrisa con la hipocresía que a ella le identificaba, ella dio un giro improvisado posándose delicadamente más cerca de mí cuerpo, al parecer había notado mi desprecio por el amigo de Raúl.

Giró nuevamente dando un movimiento sensual, logrando que mi corazón latiera más fuerte que un prisionero a punto de su ejecución, le rodeé la cintura y con ella de espaldas me uní a dicho baile.

Le dí la vuelta, ella se alejó, me acerqué tomándola en mis brazos dando varios giros.

Ella deslizó su cuello hacia atrás mientras la sujetaba por éste y la atraje a mi hombro, se dio por vencida y posó sus manos en mi cuello, sonreí posando mi cabeza en el hombro de ella tras bajar las manos a su espalda baja, descubierta por el escote del hermoso vestido de gala. Se apartó y aplaudió como el resto de los invitados.

Anonadado por tremendo baile y sin decir nada me incorporé de inmediato al grupo de Raúl, Delfín se acercó.

- ¿Por qué me dejó sola?
- No me gustan los aplausos.
- Es usted tremendo bailarín.
- No mejor que usted.
- Lo es.
- Ustedes las cortesanas tienen un baile de seducción que embauca a cualquiera, solo me deje guiar por su Baile…
- ¿Callejero…?
- No lo tome a mal.
- No lo tomo a mal solo que usted tiene una particularidad, lo aparta del resto de hombres que conozco hasta el momento.
- ¿Y cuál es esa?
- En su momento le diré, ahora si me disculpa usted.

La sostuve por un brazo.

- Espere
- ¿Disculpe?

La ví marcharse, tragándome la ira contenida. No pensé que una cortesana lograría ponerme en aprietos. Marché a casa, me tumbé en la cama y cerré mis ojos. Los recuerdos me invadierón.

- Que otros me califiquen de ramera lo acepto pero que tú lo hagas, duele.

Intenté quitar de mi mente la imagen de mi Lucrecia, la jovencita que enamoró mi mirar en plena adolescencia, la que desapareció sin dejar rastros.

Al escuchar el verdadero nombre de Nadia el tiempo retrocedió por un instante, pero luego deseché idea tan absurda, es que la mirada altiva, retadora, en nada parecía a mi Lucrecia sin embargo sus labios, sus cabellos.

Me pusé de pie tratando de evadir los recuerdos, tratando de pensar en Plinio Mendoza.

Me tumbé en la cama nuevamente, esta vez el sueño me abordó por completo. La noche siguiente me encontraba en el salón de Raúl, cuando la ví aproximarse.

- Ramírez, no imagine que le vería por aquí tan seguido, ¿no me diga que viene por otro baile?
- No, no vengo por otra pieza.
- ¿Viene a reclamar mi servicio?
- ¿Cómo puede ser tan descarada? ¿No podría disfrazar un poco la falsa?
- ¿A qué falsa se refiere?
- A la de ser mujer.
- Pero soy una mujer, si sube conmigo he de probarlo.
- No me refiero a su sexo, me refiero a que no es digna de ser llamada mujer, ninguna de las cortesanas lo son.
- ¿Cree usted que me queda grande ese papel?
- Lo creo así.
- Por el amor de Dios, abrasé visto tanto descaro de su parte y tanta tolerancia de la mía. El sexo Ramírez, aunque lo decoren de cualquier forma tiene las mismas causas y los mismos efectos, trayendo en circunstancias una consecuencia.
- ¿Podría explicar mejor su teoría?
- Por supuesto. Las causas son simples, alcohol, un hombre apuesto con una bella mujer es igual a atracción. Un hombre en busca de una cortesana es igual a distracción, diversión, inversión. Los efectos, ustedes los hombres con dolor de cabeza al día siguiente y la mujer con exuberante belleza más enamorada que nunca.

Pausó.

- Prosiga, ¿cuáles son las consecuencias después de una noche de pasión con una cortesana?
- Usted posiblemente sin un quinto, nosotras un par de monedas y un nombre más para agregarlo a la lista. Las posibles consecuencias, la muerte de alguna tonta por no saber cuidarse debido a un aborto por un embarazo no deseado.
- Buena opinión tiene usted del sexo.
- Gracias.
- Alguna vez lo ha hecho por placer, por amor propio.
- No conozco ese sentimiento y para ser sincera no me interesa conocerlo.
- Pues debería.
- Buen concejo para los idiotas que juegan al amor.
- Como lo sospeché carece usted de dicho sentimiento.
- Puede ser, pero gozo de otros más importantes y ya que usted tiene tantas cualidades veremos en la cama que tan habilidoso puede ser o si lo suyo son solo palabras.
- Su descaro no tiene límite.
- ¿Qué pasó con el hombre cortés que bailó una pieza conmigo?
- Anoche mencionó una cualidad que poseo.

Ella esquivó la mirada e hizo ademán de marcharse.

- No le he dado orden de retirarse.
- Ofrecerle mi servicio no implica seguir sus órdenes al pie de la letra, no fuera de la cama.
- ¿Será, esta noche?
- No, un cliente muy importante ha pedido mi compañía. Con respecto a su cualidad no pensé lo que estaba diciendo, esa es la verdad.
- Bien, siendo así me marcho.
- Es usted impredecible mire que buscar una cortesana…

Le interrumpí.

- Usted debe limitarse a cumplir el servicio y punto, lo demás con respecto a mi vida, mis deseos no tiene porque saberlo.
- Disculpe usted.

La ví detenidamente.

- Tengo la impresión de haberla visto antes, de conocerla.
- En sueños tal vez.
- Créame que no sería sueño si estuviera en el.
- Claro, serian fantasías. Si me disculpa.

La sostuve por un brazo.

- ¿Adónde va?
- Ya le dije que tengo un cliente que atender. Muy importante.
- ¿Y yo que soy?
- Alguien a quien le debo el aburrimiento de esta noche.

Raúl se acercó.

- ¿Cómo se encuentra mi querido detective?
- Muy bien Don Raúl pero estaría mucho mejor si estuviese en compañía de alguien más a excepción suya por supuesto.
- ¡El primer invitado que no le agrada el gran Delfín que tengo!
- ¿Delfín dice usted? Hiena es la palabra correcta para describir a su cortesana. ¿Ya le contó su opinión respecto al sexo?
- Hombre no sea tan duro con ella.

Y allí se acercó Marcos, el cliente por quien mi princesa aguardaba.

- Delfín.
- Marcos.
- El detective Ramírez.
- ¿No me diga que viene usted por mi Delfín?
- Dios me libre de cometer tal crimen, crueldad para con mi estomago, yo busco algo más…
- ¿Sencillo?

- Des complicado es la palabra, ahora si me disculpan voy por mi cortesana.

Me despedí lleno de rabia, sin saber el porqué para ese entonces. Llegué junto a María, una cortesana más.

- Detective, ¿usted por aquí?
- Dígame algo María, ¿qué sabe de Plinio Mendoza? ¿Alguna vez le ofreció sus servicios?

Sorprendentemente Delfín nos abordó.

- Marcos no podrá quedarse.
- Supongo que soy la opción.
- En un rato vendré por usted.

Mis piernas estaban casi inmóviles, me pusé tan nervioso como si fuese mi primera vez, una de esas cuando el padre lleva el hijo con una cortesana, solo que esta vez estaba en el burdel por mi propio pie.

La había tenido tantas veces. En sueños mis manos traspasarón esa barrera imaginaria y tocarón su piel, mis labios tomarón el licor agridulce de su boca, sus ojos brillaban, mostrándome el camino para poseer su cuerpo.

La toqué sin conocerle y a su rencuentro me entregué por completo, fundiendo lo antes soñado, lo antes vivido con la magnífica realidad de mis ensueños futuros.

Raúl se acercó dando una palmada en mi hombro izquierdo.

RAUL: ¿Listo?

DANIEL: Eso espero.

MARIA: Hombre pero si no es un adolescente.

DANIEL: Mi corazón lo es.

RAUL: Todos alguna vez nos sentimos adolescentes mejor aún si tenemos enfrente una gran mujer.

MARIA: ¿Y dónde está esa mujer? –Intervino María con su sonrisa maliciosa-.

DANIEL: Allí viene.

Observé cada gesto suyo cuando la ví acercarse a las escaleras fijando sus ojos en mí. Se había cambiado para mí, traía puesto un vestido rojo con un escote que dejaba sus hermosas piernas a la intemperie, haciendo notar su exuberante silueta. Sentí celos de los ojos que se posaban en ella. Se acercó y mi corazón latió más fuerte, preguntándose el por qué su frió mirar, el por qué sus palabras distantes.

DELFIN: Como puede ver me he cambiado para usted.

RAUL: Hermosa es la palabra que te describe esta noche, mi Delfín.

MARIA: Disculpen, tengo pendientes.

Ella posó su mirada en mí.

DELFIN: ¿Me sigue usted?

DANIEL: ¿No es un muy pronto aún?

DELFIN: Si no desea mi compañía nada tenemos que hablar.

La detuvé antes de que pudiese dejarme.

- Me ha malinterpretado usted, claro que deseo su compañía, es solo que…

Pudé notar su impaciencia

- ¿Por qué no tomar un vino antes de subir?
- Porque no tengo toda la noche, señor Ramírez.
- De acuerdo. Vamos.

CAPITULO II

Subí al segundo nivel tomado de la mano de la mujer más hermosa del salón. Entramos a su alcoba, ella se dirigió a un pequeño bar que tenía al lado de su cama y trajo consigo un vaso vertiendo en él una pequeña porción de vino tinto.

- Aquí tiene su vino.
- No gracias, deseo algo mejor.
- Es lo único que puedo ofrecer.
- No me ha entendido usted.

Y uní mis labios a los suyos en un beso profundo, ella empezó con su "trabajo" mas no la quería así y quité sus manos de mi camisa.

- ¿Qué le ocurre?
- ¿Alguna vez fue amada?
- Todas las noches.
- No me refiero al deseo.

La tomé en mis brazos, ella no opuso resistencia. Mi boca recorrió su cuello mientras mis manos pasearón por su cuerpo lentamente, intentó tocarme pero no lo permití.

Con manos temblorosas quité su vestido, lo ví caer mientras que mi princesa se encontraba expectante, su garganta tragaba en seco.

Encendí la radio y busqué una canción diferente a las del salón, tomé su cadera entre mis manos y nos unimos en un baile de seducción.

Fui quitando cada prenda de vestir que aún conservaba y estando en interiores los dos, la tumbé en el piso. Mis dedos temblorosos pasearón por la seda de su piel mientras ella temblaba. De un momento a otro me encontraba dentro de su feminidad y la escuchaba gemir de placer, mis labios contenían una sonrisa, sabía que el placer expresado en sus ojos no era fingido.

Nuestros cuerpos bailarón al mismo movimiento, cada penetración fue haciéndose más intensa y la pasión nos envolvió dejando de lado la ternura antes demostrada; abrazó mis caderas con sus piernas mientras que yo la amaba, porque yo la estaba amando.

El tiempo había terminado mas yo quise quedarme un poco más para observarla, esa noche fue igual o más que la noche aquella cuando la hice mía por primera vez en aquel lugar de mis sueños.

Pero tú irrumpiste mi gran amigo para avisarme que el capitán había llegado al salón. No me despedí, ella me vio marchar. Debía cuidar mi trabajo, se suponía que estaba en el salón de Raúl para investigar la muerte de Plinio Mendoza en lugar de estar en amoríos con una de las cortesanas.

Esa noche no pudé dormir, cada escena se repetía constantemente en mi mente, se que ella agradecía en el alma mi entrega, según percibí era la primera vez que en verdad la amaban.

Muy experta sería en el sexo pero a la hora de amar su experiencia con tantos decaía en un abismo y mi felicidad fue inmensa al saber que fui yo y no otro quien le enseño la otra cara de la pasión, aquella distinta al sexo, quise enseñarle la unión del cuerpo y el alma en un solo sentimiento, a mi parecer entendió que la pasión tiene límites muy al contrario de la ternura.

Los días siguientes frecuenté la casa de citas de Raúl mas no fue mía la suerte y no pude ver a mi princesa, otros eran los elegidos.

Mi amargura aumentaba cada vez que veía a uno de esos caballeros bajar con una sonrisa en sus labios. Empuñaba mi mano deseando verla en el rostro del maldito. Para excusarla me dije a mi mismo que ella me amó esa noche y que si me eludía era para no demostrar lo que sentía.

Pensé que ya no le vería cuando llegó hasta mí con su mirada fría. Era una noche común y corriente entre tragos, cortesanas satisfaciendo sus clientes y uno que otro borracho compitiendo entre palabras absurdas.

- Buenas noches.
- Buenas noches.
- Mucho tiempo sin verle por aquí.
- He venido unas cuantas noches.
- Disculpe si no le he atendido muchos son los clientes en estos últimos días.

Ella sabía que esa noche en la que nos devoramos el uno al otro quedé prendido de ella, sabía que esas palabras habrían de herirme sin embargo no quería demostrarlo a pesar que moría de celos.

- No he venido a verla, vengo a despejar la mente como de costumbre.
- En ese caso le dejo a solas.
- ¿Por qué se va?
- Supongo desea tiempo para buscar su nueva conquista.
- ¿Nueva conquista?
- Es usted muy apasionado.
- ¿A qué viene eso?
- La otra noche…
- Quisé que sintiera lo que nunca más ha de sentir, amor.
- ¿Me ama usted?

- No, solo quería que viese lo que perdió por culpa de esta mala vida, de su mala cabeza.
- ¿Me dice usted que le he perdido?
- A mí no, pero tal vez a un hombre que la hubiese amado, cuando se ama de verdad se demuestra de esa manera.
- Entonces es usted un mentiroso si no me ama, dice que quiere enseñarme el sentido de un sentimiento en el cual no creo, mas usa mentiras para ello.
- Mentiras o no usted sintió…

Ella no quería que presionase la yaga y procedió a interrumpirme.

- Si fuese mujer sería la mejor de las rameras, es usted semejante mentiroso.
- Si fuese mujer sería la mejor de las rameras, sí; sin embargo ante el amor bajaría la guardia abandonando una vida tan sombría.
- Es usted muy extraño y además tiene una forma… un deseo muy extraño.
- ¿Por qué lo dice?
- ¿Cómo osa enseñar algo que no siente o es que lo siente y tiene pavor de demostrarlo? Lo entiendo.
- ¿Cómo puede entender algo que desconoce?
- De la misma manera en que usted trata de enseñar a base de engaños. Una cosa más.
- Diga usted.
- Es la primera vez que un cliente prefiere un lugar frío y rústico en lugar de una cama cómoda y cálida.
- No quería que sintiera la presencia de otros tantos que han pasado por su cama, quería que me sintiera a mí.

Ella dio la vuelta sonriendo.

- ¿Y dice que no me ama?
- Es la verdad, no le amo.
- Siendo así queda apto para otra aventura, si tiene el dinero para pagar.

- Lo tengo.
- Mañana será usted el privilegiado de la noche, no falte.
- Aquí estaré.

Al día siguiente volví al salón con la sonrisa envenenando mis labios y el deseo acariciando mis pensamientos. Me acerqué a Elisa.

- ¿Dónde está Delfín?
- Ella no podrá atenderle, Marcos a pedido esta noche y ella ha decidido otórgasela.

Me llené de rabia.

- Pero esta noche…
- Lo siento…

Me dirigí a la cantina y empecé a tomar como loco. A las dos horas estaba ebrio, decidí subir a la habitación de Delfín quien al verme se levantó de la cama de inmediato.

- Es mejor que se vaya…
- Usted así no lo desea, su cuerpo llama mi cuerpo, sus labios mis labios…
- Tiene buenas palabras pero carece de base para sostenerse, un ebrio no tiene palabra y en estos momentos usted lo está.
- ¿Marcos ha de venir esta noche…?
- Efectivamente y es la razón por la cual imploro se vaya.
- ¿Implora usted?
- Si, le ruego…
- ¿Quiere decir que soy el único hombre al cual ha rogado?
- Si no se marcha en este momento…

Me acerqué a ella y embocé una sonrisa.

- ¿Qué pasará?
- He de enojarme mucho.
- ¿Cuánto?

Le robé un beso.

- Como se atreve…

Volví a besarla pero ella me apartó.
- Debo arreglarme, Marcos no puede hacerse esperar.

Tomé su rostro en mis manos y la miré fijamente. Sonreí tras ver en sus ojos helados la sonrisa de aprobación; empecé a besarle nuevamente hasta que Elisa hizo su entrada.
- Marcos ha llegado…

Al verme, Elisa volteo a ver a mi princesa con cara de espanto.
- Usted debe marchar.
- No lo haré a menos que Delfín así lo deseé.

Elisa vio a Delfín, me devolvió la mirada y luego la volvió a Delfín.
- Debe marchar.
- ¿Eso quiere usted?

Delfín volvió a mirar a Elisa mientras yo estaba sentado en el buró.
- Solo quince minutos, esta ebrio. No puedo dejarle ir de esta manera.
- Delfín…

Elisa posó nuevamente en mí la mirada…
- Debe irse. Si Marcos lo encuentra aquí…

Me pusé en pie al ver la contrariedad de mi princesa.
- Me marcho, descuide.
- Gracias.

Cuando iba pasando al lado de mi princesa, me detuve.
- Si aquella noche cuando le dejé muy claro mis sentimientos, si hubiese dicho que la amaba, ¿hubiese cambiado en algo su decisión?
- Por supuesto, yo solo busco placer, no busco problemas y un hombre enamorado es un problema y ya que no está

enamorado y esta de tan buena disposición para hacer c maestro venga, le prometo aprender.

- ¿Promete usted…?
- Delfín este hombre esta ebrio y Marcos ha llegado, no t busques problemas.
- ¿Aprender para qué? ¿Para seguir fingiendo?
- De la manera que use mis conocimientos no le concierne.
- ¿Cómo es eso de que no me concierne?
- No me cause problemas y le aseguro que tendrá un día d mi semanas.
- ¿Por qué tanta caridad para conmigo?
- Vuelvo a repetirle que esto lo hago por placer…
- ¿Segura?
- Esto lo hago por placer y ya que debo admitir es usted u buen amante me veo en la molestia de pedirle que venga verme una vez por semana.
- No lo sé.
- No voy a suplicar si es lo que pretende, fue una petició que hice y si la declina tenga por seguro que no volverá a repetirse.
- Nunca la han rechazado, no seré el primero.
- Ahora debe marchar pero venga mañana, mañana le atenderé.

Cada semana me unía al encuentro de mi cuerpo con el cuerpo de mi princesa.

Me sentía con el deseo a flor de piel, iba caminando a toda prisa para unirme al encuentro con mi princesa cuando me detuvó un amigo de la infancia.

- Amigo, ¿dónde va con tanta prisa?
- Tengo asuntos que atender.
- Espere, debe saber que mi hijo ha nacido.
- Cuanto me alegro.
- Si gusta acompañarme quiero mostrar mi varón a un gran amigo y de paso festejar con una copa.

- No podrá ser, tengo pendientes pero mañana he de ir, lo prometo.
- ¿Qué asunto tan urgente puede ser que no puede esperar?
- Le ruego me disculpe...
- No me lo diga, ¿es por una mujer?
- Así es...
- No se hable más, yo le acompaño a buscarla, iremos todos...
- Vuelvo y le repito que no podrá ser.
- Pero...
- Entre su trabajo y el mío solo nos vemos un día por semana y como comprenderá, me urge verle.

Quedé callado.

- Pero imagino que si usted le pide que vaya a nuestro encuentro ella ha de asistir.
- ¿Quien puede decidir en una vida comprada?
- ¿Comprada dice? ¿Es acaso una...?
- Compradas son las noches de mi princesa, para tenerla debo pagar su precio, peor aún debo pagar un precio mayor.
- ¿Más que los otros que van a verle?
- Aparte del sueldo miserable saber que de otros son los días de sus semanas, mía solo una noche es motivo suficiente para querer morir.
- Es cruel, si le amara dejaría esa vida.
- No es perfecta, menos yo.
- Amigo...
- Lo único que me resta es aceptarla como así le conocí, aceptar mi decadencia y seguir muriendo cada noche de tristeza mientras alimento los días con la nostalgía y la posible fantasía que solo consigo en sueños. Invento cada noche a mi princesa.
- Imagino es algo frustrante.
- Lo es y si le cuento es porque confió, se cuanto aprecia mi amistad y la capacidad de su silencio.

- Y yo de igual manera correspondo a su aprecio.
- Es una alegría saber de su felicidad pero ahora debo marchar, es tarde y ella aguarda por mí.
- Que espere un poco más, no hemos termin…

Le interrumpí impaciente.

- Ella no espera.
- Válgame Dios, le tiene embrujado.
- Lo dice y no conoce la magnitud de su embrujo.
- Vamos a tomarnos una copa…
- Vuelvo y repito gran amigo, si no quiere verme sufrir toda una semana déjeme ir, de no tenerle hoy mi oportunidad será hasta la semana entrante y para mi es demasiada la espera.
- No imagine que fuese usted enamorarse de una…
- Pero pasó y si me disculpa debo marchar.

Llegué junto a Delfín.

- Estaba a punto de marchar por otro cliente.

Le tomé en mis brazos y mis labios sometierón sus labios, mis manos la tocaban como si fuese un joven sosteniendo con emoción su troféo y es que a mi parecer era un troféo esculpido en hielo.

Sus manos quitarón salvajemente mi camisa, le fui llevando poco a poco y tumbé todo cuanto había en el buró, en el la senté de golpe mientras con furia arremetía contra su cuello.

Sin darme cuenta quité el pantalón que estorbaba mi miembro y poniendo mis manos en su cadera, arremetí con la furia del deseo, le escuche gritar, fue un grito ahogado.

Cada penetración se hizo más intensa, los sudores bajaban como agua cayendo del cielo.

Sus gemidos de dolor y placer aumentarón en conjunto a su tono de voz, sus uñas se deslizaban por mi espalda baja en cada movimiento para hacer sentir la fuerza de la intensidad con la que la estaba poseyendo.

Parecía una fiera salida de su encierro. Me detuvé por un instante, observé en sus ojos el fuego del deseo a su vez en sus labios rojizos la respiración se hacía corta.

La bajé despacio del buró suponiendo que sus piernas aún temblaban. La tumbé en la cama y volví arremeter, esta vez despacio puesto que ya había borrado con mi sexo alguna huella de algún otro amante, me dispusé a lavar su piel tratando de enmarcar mi esencia es su ser para que así solo pensara en mí, en un posible tal vez para nosotros.

Mientras su cuerpo se acoplaba a mi ritmo, sus piernas me entrelazarón y mi boca besaba su boca en el vaivén de nuestras emociones, la escuche gemir una y otra vez, no soporté sus gemidos y en ella fundí por entero el complemento potencial de mi masculinidad.

Me tumbé a su lado, ambos con el latir acelerado, mirándonos el uno al otro.

- Pensé que no llegaría.
- ¿Cómo pudo pensarlo? Si cuento cada hora para estar con usted.
- Me he dado cuenta. Fue muy brusco esta vez.
- Quería lavar su piel con mi pasión, que se acuerde de mí en lugar de recordar a otros.
- Es usted muy egoísta, además habla como un hombre enamorado.
- No creo que exista hombre indiferente ante los celos al saber que otro hombre se deleita con lo que le hace feliz aunque solo sea una felicidad comprada, momentánea y si piensa que soy egoísta, lo soy.
- Venga mañana, quiero ver un poco más… su intensidad.
- ¿Mañana? Pero…

- Por el momento solo atiendo a Marcos y a usted por supuesto.
- ¿Las otras noches?
- Marcos las ocupa.
- ¿Y a mí solo me deja una noche?
- Hoy le estoy dando la seguridad de que serán dos.
- Por más que lo deseo no puedo pagar dos noches por semana.
- Descuide, correrá por la casa pero antes debe prometer que no ha de enamorarse.
- Lo prometo, nunca podría enamorarme de una cortesana digamos que por usted siento deseo, las ganas de saciar mis más bajos instintos.

La ví envolverse entre las sabanas de seda que Marcos habrá pagado mientras se ponía en pie.

- Mañana le espero.

Antes de dirigirme a la puerta intenté entregarle el monto correspondiente.

- Mañana... esta noche como ya dije corre por la casa.

Cuando iba saliendo encontré a Raúl.

- Es usted un suertudo.
- ¿Por qué razón?
- Marcos paga muy bien las noches de Delfín. Paga el doble por noche y nunca se queda hasta el amanecer, en ocasiones no viene al salón sin embargo envía el monto correspondiente para enmendar su falta.
- ¿Y qué tiene eso que ver conmigo?
- ¡Todo! ¿No se da cuenta que Marcos solo viene tres veces por semana? Las demás las paga para que Delfín no esté con otros, no obstante ella se las ingenia para estar con usted y por si fuera poco me ha dicho que piensa regalarle una noche a la semana.
- Noche que paga Marcos.

- ¡Exacto! Y si fuese más inteligente optaría por suplicar dos noches más o al menos una.
- ¿Qué le hace pensar que me concederá una noche más?
- Entre tantos caballeros adinerados los cuales pueden pagar más de lo que paga usted y sin tener que conceder una noche a cuenta de la casa fue usted su elegido, ¿le dice algo?
- Si, mi princesa no es de todo hielo. No entiendo porque me dice todo esto, ¿existe algún motivo?
- Busco en mi Delfín su felicidad, le pedí que dejara esta vida pero ella refutó que solo dejaría esta vida cuando llegara ese alguien que pudiese darle todo cuanto quisiera.
- Marcos...
- Tiene todo el dinero posible para bañar a mi Delfín sin embargo el no es la razón que buscó por tanto tiempo, esa razón es usted.
- Yo no tengo lujos que ofrecer.
- Delfín no sueña con lujos se conforma con recorrer el mundo.
- Es algo a lo que no puedo...
- No se da cuenta que usted se está tornando en su mundo, en ese que quiere recorrer. De hielo puede sea su cuerpo, su mirar pero no su deseo y usted va ganando por mucho mi querido detective, ya que solo usted sabe despertar en ella el verdadero deseo.

Raúl dío la vuelta y se retiró, por mi parte daba saltos de felicidad al comprender que a mi pertenecian los pensamientos de mi princesa, aquella que nunca más seria para mi mujer de una noche.

Así pactamos, al principio empecé con los Domingos, luego siguierón los lunes, tras seguir el consejo de Raúl llegarón los martes.

Me había convertido en una especie de redención, ella aprendía de mí, mientras yo aprendía de ella.

Llegó a un punto tal su pasión por mí que en su mundo solo existíamos Marcos, el caballero que regalaba todo lo que mis bolsillos rotos no podían ofrecer y yo. Consumía todo su espacio.

Cada día los celos aumentaban un poco más, la amaba con locura, Delfín también estaba viviendo dicho sentimiento. Aunque no mencionase el asunto en el fondo confiaba en sus besos, creía en sus abrazos y aunque su mirada seguía fría como el hielo por los golpes de la vida, creía en ella y ella de igual manera creía en mí.

Me propusé derretir el hielo de su alma usando tácticas simples, un beso matutino, una nota al medio día con una frase que le recordase la noche anterior, una rosa roja antes de dormir. En varias ocasiones declaré mi amor pero ella me evadía y aunque intentaba hacerme creer que hablaba a oídos sordos sé que el hielo empezaba a derretirse, lo imaginaba por la intensidad de su mirada.

DANIEL: "Te amo..." Le dije.

DELFIN: "Será mejor que se vaya, tengo otro cliente por atender".

DANIEL: "Aun conservo unas cuantas monedas que quiero gastar, además, ¿quién es ese cliente? Tengo entendido que solo atiende mis deseos y los de ese Marcos"

DELFIN: "Teníamos un trato, acaba de romperlo".

DANIEL: "¿Solo porque le he dicho la verdad, que le amo?"

DELFIN: "Yo no conozco tal sentimiento..." Ella refutó.

DANIEL: "No lo conoce o más bien quiere ignorarlo..."

DELFIN: "Las dos cosas tal vez..."

DANIEL: "Explíquese..."

DELFIN: "No lo conozco y tal vez si quiera ignorarlo..."

DANIEL: "Nadia..."

DELFIN: "Delfín para usted señor Ramírez"

DANIEL: "Daniel para usted mi princesa..."

DELFIN: "Querrá decir cortesana..."

DANIEL: "Si esa palabra le agrada más, entonces Daniel para usted mi cortesana..."

DELFIN: "Las cortesanas somos mujeres del servicio público, consolamos a los divorciados, ayudamos aquellas mujeres para que no tengan que lidiar con amantes, le sacamos una pequeña sonrisa a los locos adolescentes quienes piensan que a su temprana edad sus vidas no tienen sentido... y todo eso lo paga un precio bajo..."

DANIEL: "Nadia..."

DELFIN: "Y qué decir de los solteros, a ellos más que a nadie los ayudamos mejor, si comparamos los precios, una esposa lo dejaría en banca rota mientras que una cortesana hace su trabajo, no le reprocha nada además de que sabemos escucharles..."

DANIEL: "Ayúdeme a mí..."

DELFIN: "No puedo..."

DANIEL: "Soy un pobre diablo con unos centavos en los bolsillos, un soltero que necesita desahogarse, mi corazón es el adolescente que busca sonreír, no tengo amantes, ni esposas que lidien con ellas, ni nadie que me deje en la quiebra..."

DELFIN: "Pide una rebaja que no estoy dispuesta hacer..."

DANIEL: "Le pagaré como le pagan ellos..."

DELFIN: "No por favor, una vez fuí llamada ramera cuando aún no pensaba en ello y ahora tú regresas reviviendo los recuerdos de un pasado. Entregarte mi amor por segunda vez sería un error que no volveré a cometer…"

DANIEL: "¿Lucrecia? ¿Eres tú?"

Fue entoncés que recordé la conversación entre Elisa y mi princesa.

Mis ojos se clavarón interrogantemente en la mujer que tenía enfrente, mi mirada traspasó mas allá de sus ojos azules y el corazón se encogió de hombros.

DELFIN: "Si Daniel, soy la jovencita de provincia que conociste en tú infancia…"

DANIEL: "¿Cómo llegaste tan lejos…?"

DELFIN: "La inmundicia de la sociedad…"

DANIEL: "¿Me reconociste desde el principio?"

DELFIN: "No, hasta hace unos días…"

DANIEL: "¿Por qué no dijiste nada?"

DELFIN: "Porque no quería, no quiero tú pena…"

DANIEL: "Te fuiste sin explicaciones…"

DELFIN: "Que otra explicación querías cuando todos me señalaban, cuando tú me llamaste…"

DANIEL: "No lo recuerdes…"

DELFIN: "No es un trabajo que me avergüence…"

DANIEL: "Yo siempre te ví tan inocente…"

DELFIN: "Vete, ahora sabes el porqué de mi rechazo, el porqué no puedo corresponder cómo quisieras... por ti no siento más que..."

DANIEL: "Lucrecia yo no..."

DELFIN: "Delfín para ti. Se suponía que me amabas, pero tú, tú quisiste creer..."

DANIEL: "Plinio el..."

DELFIN: "Vete..."

DANIEL: "Lucrecia nunca dejé de amarte..."

DELFIN: "Que manera de amar la tuya..."

DANIEL: "Aún conservo el recuerdo de aquella joven hermosa, ese recuerdo está intacto..."

DELFIN: "No quiero recordar..."

DANIEL: "¿Por qué? Porque sabes que esos recuerdos te devolverían los años que has perdido, el alma de mujer que solías tener..."

DELFIN: "Es absurdo lo que dices, el tiempo no puedo... no puede devolverse, ahora soy una..."

DANIEL: "Mujer de la calle..."

DELFIN: "Si, eso es lo que soy. Si me disculpas tengo clientes que atender..."

DANIEL: "No, me rehúso a que continúes con esta vida..."

Ella se burló de mí con su sonrisa hipócrita y quebrantada

DELFIN: "Debe irse señor Ramírez..."

DANIEL: "Yo pagaré el doble, necesito continuar esta conversación..."

DELFIN: "Y yo necesito diversión..."

DANIEL: "No, tú no eres así..."

DELFIN: "Lo soy, soy una porquería, una mujerzuela, una estúpida que creyó encontrar el amor alguna vez, eso es lo que soy. Mírame Daniel, esto que ves, esa soy yo, una cortesana que disfruta su trabajo, y si tú no sales entoncés yo he de hacerlo."

Ella salió y me dejó a solas. La rabia de pensar que mis prejuicios la empujarón a ese mundo de mala muerte hizo odiarme a mí mismo.

¡Cómo olvidar a Lucrecia! Contaba yo con 19 años cuando conocí tan bella flor y al igual que esa noche la tristeza cubría su rostro mientras que su llanto adornaba sus tiernos ojos azules.

Gran amigo, Delfín es la mujer que nunca olvide, la mujer que rechacé hace años. El infame destino me ayudo a encontrarla demasiado tarde.

Muchas veces escuché nombrar a Nadia, el gran Delfín de Raúl sin embargo nunca había tenido el privilegio de verle tampoco me interesaba el asunto, hasta esa noche cuando mis ojos enloquecierón ante su hermosura.

"Ella volvió a entrar en la habitación tras pasar cuarenta minutos"

DELFIN: ¿Aún no se marcha?

DANIEL: Está bien, seré su cliente preferencial como hasta ahora, olvidando que alguna vez le conocí, omitiendo ese te... esas palabras que mencioné hace unos minutos.

DELFIN: Me parece lo mejor.

CAPITULO III

Su cabeza estaba sobre mí pecho, mis manos deslizándose por la suave seda de su cabellera castaña, parecía un diablillo disfrazado de ángel, usando esa postura suya endemoniada para fingir ser fuerte.

Quien la viese dormir como lo hice tantas veces hubiese jurado que era la mujer más casta, la más ingenua del mundo.

- ¿Hace cuánto despertó?
- No lo sé, junto a usted el tiempo corre como si alguien le persiguiera.
- Ya debe irse.
- No, un rato más, déjeme un rato más.
- Esta noche vendrá.
- ¿Ha de recibirle?
- Tengo que...
- No tiene por que.
- Lo he rechazado varias veces por su causa.
- ¡Que importa una más!

Ella notó en mí el ardor de los celos.

- ¿Qué pasará mañana? ¿Me pedirá lo mismo?
- Cuantas veces sea necesario.
- Tengo que sobrevivir de alguna manera.
- Yo puedo...

- Los lujos a los que estoy acostumbrada no están a su alcance, lo único que puede brindarme es un poco de compañía.
- No quiero verle con él, no lo resisto.
- Usted dijo que no se enamoraría.
- Mentí, de usted estoy enamorado desde el día en que la ví en la pequeña iglesia de...
- Lo sé.
- Y aún así me acepto.
- ¿Por qué insiste en romper sus promesas? No sabe sostener su palabra, Ramírez. ¿Cómo creer que su amor es sincero?
- Lucrecia...
- Juró no recordar el pasado, lo juró.
- Lo siento.

Ella se levantó de la cama y se detuvó frente al espejo, la seguí.

- ¿Ve eso que esta ahi?
- ¿Sí?
- Lo repudio, esa imagen del espejo representa mis fracasos, mi belleza me ha robado todo.
- No todo, el amor esta aquí, justo detrás de usted solo debe girar y...

Ella volvió su mirar y me abrazo.

- Prometa que no se alejará aunque otros hablen pestes de mí, prometa que no se dejará convencer.
- Esta vida que lleva...
- No me lo pida...
- Cada noche muero de rabia, cada noche mi corazón se congela un poco más, mi pudor se está congelando.
- Entoncés debe marchar.
- Míreme.

Ella me vío a los ojos con la profundidad infinita del mar bravío.

- Ya no lo soporto, no quiero compartir sus noches.
- Tendrá que hacerlo.

- De no quererlo así, ¿qué sucederá?
- Perderá mi mirar, perderá...
- Creí poder soportarlo, le amo más de lo que pensé.
- Si piensa dejarme es porque no me ama.
- ¡Cómo puede decir que no le amo! Si por usted he dejado atrás mi pudor. Mi orgullo lo ha pisoteado, lo ha lavado y sobre él con otros ha bailado.
- Si esos son sus pensamientos...

Le interrumpí antes de que dijese algo que me humillara aún más como cada palabra suya.

- Si no es capaz de dejar los lujos a los cuales está acostumbrada es porque bien no le importo.
- ¿Cómo se atreve? ¿Conque derecho intenta entrar en mis pensamientos, manipular mi mente?
- De la misma manera en la que he aceptado ser el piso por el cual camina, de la misma manera que con todo el dolor de mi alma le digo adiós.
- Si sale por esa puerta tenga en cuenta que saldrá de mi vida para siempre.
- Así será, que así sea.

Mientras me vestía ella se balanceo sobre mí, empezó a golpearme, cubrí mi rostro y entre mis dedos la ví desplomarse en el suelo sin embargo no derramó una mísera lágrima. Tomé una sabana en las manos, la envolví en ella llevándola en mis brazos hasta la cama. Intenté besarla pero ella no lo quiso así y despreció mi abrazo. Ese día salí de su vida.

Pasé uno que otro día en bares de mala muerte restregándole al mundo el dolor de un estúpido que fijó tristemente sus ojos en una cortesana. Otros fuerón los días que no ví la luz del sol, me la pasaba encerrado como un fugitivo, alimentándome de la nostalgía mientras calmaba la sed con alcohol del más barato que mis bolsillos podían costear.

Perdí la cuenta de las horas que lloré, de los minutos que desfallecí al verle con Marcos a cada segundo que le seguía.

Al frecuentar el bar a causa de la investigación en curso la amargura daba saltos de alegría en mi garganta mayor aún cuando el licor no podía arrancarla de mí.

Ella se tongoneaba con la ligereza de una pluma y sonreía como si diamantes conformaran su dentadura. Muy a pesar de ser una ramera parecía toda una princesa junto a un caballero tan distinguido, quien la llenaba de presentes, joyas y los vestidos más costosos que alguna dama de alta alcurnia podía llevar.

Verle sonreír en brazos de otro mientras mi corazón agonizaba era todo un placer, su risa hipócrita y vulgar se había internado en mí escuchar.

Fue una tarde de Febrero, las calles eran terriblemente atacadas por la lluvia, tronaba como si el cielo fuese a desplomarse y la luz del día se iba apagando lentamente; la ví llegar con Marcos al bar que estaba frente a la porquería que llamaba hogar.

Una habitación junto al baño donde una que otras veces encontraba a esos insoportables roedores de alcantarilla, nada en comparación con los lujos que Don Marcos ha de ofrecer. Como aspirar comparación alguna cuando su vía de transporte es más grande que la porquería en la cual vivía.

La ví entrar al bar tomada de la mano de ese gran caballero de sociedad o más bien suciedad. Entré mis manos en los bolsillos del pantalón desgastado que llevaba puesto tan siquiera el polvo de la pobreza pudé encontrar.

Deseé entrar al bar pero sabía que la entrada me sería negada en cuanto vieran mis zapatos o la corbata de segunda mano que llevaba puesta.

Mi angustia aumentaba según la marcha de reloj, me asomé varias veces a la ventana y desde allí escuchaba el murmullo y la música a todo sonar. En mi cabeza no dejaba de pasar la imagen de mi princesa bailando para deleite de aquellos borrachos.

Fuerón varias las ocasiones en las que tomé mi sombrero y me dirigí a la puerta volviendo a sentarme en una mesa junto a la ventana de un segundo piso que podría decirse estaba a punto de desplomarse.

Tronaba mis dedos, me halaba los cabellos, mis lágrimas desbordantes de nostalgía, rabia y dolor no se ausentarón en aquel encuentro entre los celos y yo.

No podía explicarme a mí mismo el porqué el deseo febril de poseerla, el porqué las ansias de perderme en sus ojos, las ganas locas de amanecer en su cama y tras saciar mi sed de su cruel erotísmo sentír la triste realidad que es vivir sin conocimiento alguno de solo encontrar un porque sin razones.

Tomé todo lo que restaba de una botella de licor barato, hasta perder el sentido.

Confieso lo deprimente que fue despertar al día siguiente con la almohada mojada, al parecer estuvé conversando con ella toda la noche. La cabeza no parecía querer permanecer en mi cuerpo pero algo peor me aquejaba, la pena que inevitablemente llevaba en el alma.

Y sus ojos penetrantes sabor a cielo, color a deseo arrebatarón de mí la paciencia en una mañana que debía prometer serenidad.

La tarde calló sin que yo le esperase como era la costumbre. La mirada de conquistador no tenía la misma altivez, ya no tenía el poder de enloquecer a las jóvenes que muy a pesar de ser jóvenes caían rendidas ante mis halagos, éstas ya no reían al pasar por mi lado y es que al igual que mi alma, mis palabras se escuchaban vacías, en su totalidad sin sentido y sin ningún tipo de emoción.

Como el ser humano débil que soy, terminé buscando a mi princesa, no aguantaba la agonía que destilaba en mí la locura silente en la cual me había aislado. Me enfrasqué sistemáticamente en una vida sin vida, en recuerdos, en nostalgía e inevitablemente en aquellos celos que a pesar del tiempo carcomían mi alma.

Silente era mi locura puesto qué solo yo sabía del error cometido por mi corazón al estrechar un corazón de hielo, solo yo le escuché vociferar su dolor a todo pulmón mientras lentamente se congelaba, yo le escuché llorar de impotencia tras descansar sobre el consuelo que apenas podía brindar un alma desgarrada y mis ojos testigos fieles de su dolor.

Por piedad a mis ojos quiénes enfermos estaban ya de tanto llorar y al tonto corazón que abrió puertas a persona equívocada volví al salón con la decisión de buscar a mi princesa pero antes de subir a verle pasé por el bar a tomarme unas copas, las necesarias para pisotear nuevamente mi orgullo o al menos para embriagarme.

Tras tomar todo el alcohol que considere necesario, subí a su alcoba y allí le encontré con uno de esos tantos que habían entrado y salido con cara de niño felíz.

Imaginar la idea era una tortura amarga de digerir; esta vez hizo doler mi alma, nada mal, otra cicatriz para ocultar.

Perdí la razón y me balance sobre él, un hombre inocente puesto que solo estaba recibiendo el servicio por el cual pagaba, éste salió de la alcoba, Delfín cerró la puerta y golpeó mi rostro una y otra vez y yo lo permití, ella no solo había pisoteado mi alma, ella había llevado de mi el ego.

- ¿Qué ocurre con usted?
- No soporto más la distancia que ha puesto fin a nuestra entrega.
- Cuando salió por esa puerta claramente le dije que saldría de mi vida.
- Pues no lo acepto.

- Fue usted quien decidió salir de ella.
- Llámeme estúpido, he recapacitado.
- Muy tarde.
- No lo es.

Como siempre se aferró a sus evasivas.

- ¡Cómo se atreve echar a mi invitado!
- ¡Cómo se atreve usted traer a un hombre a estas horas cuando sabe que estas horas me pertenecen!
- Pertenecían querrá decir.
- Es usted una...
- ¿Ramera? Pues es lo que soy.
- Pues como ramera ha de servirme.

Los celos me cegarón, la hice mía con rabia, con la furia insaciable de los celos, la lastimé, la maltraté cuanto pude. Quisé vengarme, herir su ego sin saber que estaba profundizando la herida de mi corazón.

Una hora más tarde me encontraba vistiendo la piel del miserable que prácticamente había ultrajado la mujer que decía amar, saqué los pocos ahorros que tenía guardado y los arrojé a su pecho, me observó con tristeza volviendo su mirada y antes de que pudiese hablar ella tomó la palabra.

- Yo tenía razón, sus sentimientos no son sinceros, un hombre que ama no toma su amor en contra de su voluntad.

Contesté.

- Es usted muy inocente o es usted muy arpía.
- Prefiero que me tachen de arpía –refutó- a que me culpen de tonta.
- Porque no se explica mejor.
- Si soy arpía, lo soy y nadie me quita ese don, mas ser tonta indica la burla de los demás...
- Y supongo que es algo a lo que usted se niega.
- En efecto.
- ¿Mañana estará libre?

- ¿Cuánto pagará?

La miré con tristeza tras comprender lo que el alcohol en conjunto con los celos habían hecho, pero mi alma ya estaba destrozada, ella había logrado su objetivo tanto que mis sentimientos se estaban transformando en hielo. La tristeza momentánea que percibí en mí desapareció sin dejar rastro.

- ¡Lo que usted me pida!
- No me haga reír y ponga una suma.

Ella volvió a retarme con su mirada altiva, como si su piel no había sido maltratada y si lo fue actuaba como si poco le importara, como si ya estuviese acostumbrada.

- Ya le dije, lo que usted me pida.
- Estaré ocupada.

Su mirar nuevamente se había congelado ante mi presencia.

- ¿Por qué duda usted?
- Yo no estoy dudando.

Pusé mis manos en su rostro.

- ¿Está segura de eso?
- Basta, no le permitiré que me toque, el tiempo por el cual pagó ya ha pasado.
- No, no ha acabado, Será mía una vez más.
- ¿Piensa tomarme a la fuerza?
- Si fuese necesario lo haría pero usted me desea.
- ¡Váyase!

La tomé en mis brazos.

- ¡No!

Dos minutos más tarde estaba yo en la calle. Raúl me prohibió la entrada al salón. Las personas que estaban en el salón salierón a observar escena tan sucia, escena que me dejaba en ridículo, escena que denigró mi reputación, fue cuando sentí la vergüenza de aquellos hombres que de igual manera habían sido lanzados a la calle.

Amigo, después de esa noche en la que me tacharón de violador mis días no volvierón a ser días, mis noches no volvierón hacer noches, así como a usted le enviarón a otro lugar, lejos de mi influencia criminal. Me relevarón del caso.

Perdone mi insolencia, fue por mi causa que marchó usted y aunque no conteste mis cartas en el fondo sé que me perdona, sabe muy bien lo que es estar enamorado.

CAPITULO IV

Fuí invitado a la fiesta de Sabrina, la hijastra de Don Jesús, la estaban presentando en la sociedad o mejor dicho suciedad. Eso es lo que me parece el mundo, fíjese que subastar a una jovencita de 15 años. Según Don Jesús ya estaba lista para convertirse en una de las cortesanas más solicitada.

A decir verdad la niña es hermosa. Fue una crueldad venderla de tal manera para pagar sus deudas de juego, allí se dierón cita todos esos malditos que mantiene viva la llama exquisita de la perdición en la cual me perdí.

Como sabe usted, Raúl es uno de los corruptos más adinerados, él termino por llevarse a una prostituta mas, pobre niña que le haría una fortuna ya que nuevo era su cuerpo.

Al recibir tal invitación opuse resistencia, pero luego de analizar la triste situación, accedí.

Don Jesús me debía una gran suma de dinero, en vista de que mi economía andaba por los suelos debía estar presente para asegurarme de que no desperdiciara mi dinero en más juegos de azares.

Al llegar y ver la tristeza de la pequeña sentí lástima pero más tarde me abordó el rencor; era solo una mujerzuela más con cara de martirio para ver si encontraba a un idiota que arriesgase el respiro para así escapar de su nueva vida-Pensé-

Se lo que piensa y lo admito el hielo de mi princesa ha congelado mis sentimientos.

Mi vista se encontró con la de Raúl, mi princesa se hallaba con él, ambos se acercarón.

- ¿Podemos hablar?
- Nada tenemos que hablar.
- Por favor...

Nunca había escuchado tal palabra de sus labios a pesar de que juré olvidarla, a pesar de su humillación mi corazón no soportó sus ojos fijos. Salí al jardín, ella me siguió.

- ¿Qué quieres?

Pusó su mano en mi mejilla derecha, de inmediato la aparté.

- ¿Por qué tanta indiferencia? Ha dejado de tratarme con respeto.
- ¿Que respeto puede tener un hombre por...?
- No lo diga...
- Una ramera tan hermosa
- Fuerón esas las palabras que usaste hace mucho tiempo.
- Si, fuerón esas.
- La otra noche... fue un malentendido, estaba molesta, se atrevió dejarme cuando le rogué que no lo hiciera... y luego...
- Aún así no tenía derecho de poner en riesgo mi reputación.
- ¿Qué esperaba? ¿Qué corriera tras usted, después de lo miserable que me hizo sentir...? El orgullo es lo único que conservo, no podía arriesgarme a confesarle lo que siento, temí de su burla, de su abandono. Abuso de mi.
- ¡Delfín!
- "Le deseo" Sé que no eran estas las palabras que deseaba escuchar.

- Mi Delfín.
- Mas yo le deseo hasta morir, el deseo que por usted siento me quema los latidos, la pasión contenida me hace naúfragar y no quiero ser una naúfraga más en el mundo de ese estúpido sentir. Una vez logré subir a un buque, ese salón al que frecuenta…
- Delfín el amor no es una estupidez, déjeme demostrárselo…

La miré detenidamente.
- ¿Tiene miedo?
- No sabe cuánto.

Pusé mis dedos en sus labios.
- Le extraño.
- Yo más, créame cuando le digo que no solo ha sido un poco de compañía.
- Quiero ser ese barco que le socorra.
- Ya lo fue, ya lo es.
- No le dejare Delfín…
- Yo solo quería aclarar el malentendido del otro día. Ahora si me disculpa olvide lo que acabo de decir, no es justo para usted, no lo es.
- ¿Por qué no?
- Porque no soy capaz de dejar esta vida.
- Ya no pido que lo haga, me conformo con tres noches por semana.

Mis labios se unierón a los suyos, mis manos la acariciaban ardientemente, la pasión se hizo presente.

Tomé su pierna izquierda en mi mano derecha y la subí dejándola enmarcada en mi cadera mientras que mi mano se movía traviesamente en su entrepierna, ví el fuego del deseo en cada respiro, transparente se mostró el morbo en sus ojos de hielo.
- Esas veces que dijo quererme…
- Fuerón ciertas.

- Lo sé, hoy lo sé.
- Hablé con Raúl y le aceptara nuevamente en el salón.
- Debido a lo sucedido el capitán me ha prohibido frecuentar el salón y en mi lugar otro será el que asista y a Ramón lo llevarón a otra ciudad.
- Fue mi culpa.
- Eso no importa, pensemos en nosotros.
- ¿Dónde podremos vernos entonces?
- En el salón.
- Pero dijiste...
- En la madrugada yo entraré y me iré al amanecer.
- Yo he de esperarle.
- No puede decirle a nadie porque puede poner en riesgo lo que resta de mi trabajo.
- ¿Lo que resta?
- Me destituyerón del caso, pero yo sigo investigando.

Escuchamos la voz de Raúl.

- Nadia... Nadia...
- Estaré esperando.
- Yo iré, lo prometo.
- Nadia...
- Aquí me encuentro Raúl.

Todas las madrugadas trepaba la ventana de mi princesa, escabulléndome con la última luz de oscuridad, deseando que la noche llegase nuevamente, torturándome cuando no podía verle y solo podía imaginar a mi princesa en brazos de Marcos.

Una noche entré borracho, Delfín notó mi embriaguez de inmediato.

- ¿Por qué ha tomado tanto?
- Para calmar el dolor.
- Por favor...
- Me duele...
- Es mejor que se vaya y venga en otro momento.

- Yo estoy bien
- Está ebrio.
- Mi princesa…
- Váyase.
- No me vea así, yo…
- ¿Le duele pensar en la idea de verme con otro?
- Si.
- Pues a mí me está matando ver cómo se destruye por mi causa.
- ¿Qué quiere decir?
- Es mejor que dejemos las cosas como están, que tome su camino que yo seguiré el mío.
- Si me abandona ahora me destruirá más rápido de lo que piensa.
- No lo haga más difícil.
- No le dejare.
- Yo no quiero que lo haga pero sus acciones me obligan.
- ¿Es por el alcohol? No lo haré más, no lo haré.
- ¿Quién lo asegura?
- Mi corazón.
- Su corazón ya esta borracho, no sabe lo que dice.
- Entonces mi conciencia.
- Es usted un lunático.
- Si, la locura también esta ebria.

Ella sonrió.

- Pero ve, con todo y locura obtuve una sonrisa.
- Debe irse.
- No, yo quiero quedarme esta noche.

Delfín quitó mis zapatos, me arrojé a sus brazos. Tras jugar con su cabello, su sonrisa con mi sonrisa y mis dedos en su piel quedé dormido. Ambos nos despertamos alarmados, los rayos del sol habían salido y yo continuaba en mi nido de amor.

- ¿Qué hora es?
- No lo sé, pero debe irse.

Cuando iba abrir la ventana Delfín me detuvo.

- No, si alguien le ve estará en aprietos, mejor salga por la puerta delantera a esta hora todo mundo está durmiendo.

Intenté darle un beso.

- Apúrese antes que alguien le vea.

Cuando iba saliendo una mano se posó en mi hombro derecho.

- ¿Acaso no fuí claro al pedirle que no volviese por aquí?
- ¡Capitán!
- Quite esa cara de espanto que no es un fantasma quien le habla y vamos a tomar un café, la cara que trae es la de un perro apaleado

Luego de caminar una cuadra sin pronunciar palabras, llegamos a un pequeño restaurante.

- Dos cafés bien cargados, mira que traemos una mala noche.
- Capitán yo...
- No diga nada, se que se estaba divirtiendo y lo mismo hacia yo pero, ¿no le parece que debe empezar a probar cosas nuevas?
- ¿Cosas nuevas?
- Delfín es una atracción, pero es una mercancía sin valor, está muy usado, ¿comprende?
- No entiendo donde quiere llegar.
- Disfrute el momento, gócelo, pero por ningún motivo se enamore de una cortesana, puede ser su perdición.
- Una cortesana siente igual que usted, igual que yo, ellas aman...
- Si, son seres humanos admirables pero su belleza con los años pasará, no querrá mirar atrás y ver un montón de años perdidos.
- Capitán...
- Una cortesana no tiene el valor de atreverse a ser madre, usted ya está en edad de formar un hogar.

- Los hijos no son imprescindible…
- Escuche la voz de la experiencia, las cortesanas están hechas para que nosotros los mortales llevemos al límite nuestros más bajos instintos.
- Delfín es diferente.
- Yo lo pensé de igual manera hace un tiempo.
- ¿Hace un tiempo?
- Como le decía, Delfín es encantadora pero créame cuando le digo que su belleza se desgasta, ya no es la misma de unos años.
- Usted…
- Si. Amigos tal vez familiares suyos y muchos más…
- No diga más.

Me pusé en pie dejando la taza de café, imaginar a Delfín con el capitán fue la idea más grotesca de digerir.

Llegué a la casa, por horas permanecí tumbado en la cama pensando en todo lo antes dicho por el capitán.

¿Y si el tenia razón? -Eran mis dudas-. Tomé la decisión de alejarme al menos por un tiempo, con la excusa de investigar la muerte de Plinio Mendoza, para evitar su rechazo en caso de que no pudiese estar sin ella y decidiera regresar para tratar de sacarla de esa vida, si ella no se dejaba tendría entonces que conformarme con ser por siempre amante de mi princesa.

Nadie comprendía el amor que sentía, todos me protegían, me advertían pero lo que se desconoce no es motivo de dolor y yo quise vivir el sufrimiento y lo viví en carne propia y si fuese necesario viviría nuevamente y nada cambiaria.

Como olvidar el día en que ella confesó sus temores, ese día mis labios sedientos se encontraban inconscientes por el deseo voraz.

Como olvidar las palabras que dí a una de las cortesanas, quien llena de envidia hablo a mis oídos aquella tarde después de las declaraciones de un capitán corrupto.

- Ella solo le quiere por su dinero…
- No es así, ella me ama, otros que venían a verle tienen más dinero que yo y sin embargo ella dejó caer su preferencia en mis hombros.
- Porque usted es el más joven y ellos…
- Nada de lo que digas tú o cualquier otra persona… no cambiaré de opinión.
- Lo creí pobre por el hecho de estar entusiasmado con una cortesana más le doy mi sentido pésame es usted semejante tonto al entregar su corazón, ¿no sabe acaso que las cortesanas solo amamos una vez?
- Lo sé…
- Así es y Delfín ama, oh si ella ama el dinero, ese es el único sentimiento puro de una cortesana, el amor a lo material.
- Le repetiré una vez más que las palabras vanas que expulsa de su boca poco me importan.
- ¿Y qué hay de las humillaciones que le hace pasar? ¿Acaso es amor humillar el ser amado?
- ¿A cuáles humillaciones se refiere? No recuerdo ninguna.
- Ese día cuando le tacharón de violador, le echarón a la calle peor que a un perro.
- Fue algo que se resolvió de inmediato, fue un malentendido.

Ella sonrió.

- ¿Mal entendido?
- Si, malentendido…
- Hombre deje la tontería…
- Si delfín me ama o no son problemas que no le corresponden.
- ¡Bah! al diablo tú y Delfín y todos esos locos que andan con cara de tontos diciéndose enamorados.

- Escuche lo que diré porque no pienso repetirlo, ella es para mí la luz de mi oscuridad, una sola mirada de ella y todo a mí alrededor se ilumina. El sabor de sus labios es mi debilidad y aunque muchos le juzguen seguirá siendo mi princesa, aunque otros refuten que esta echa de hielo, alegre responderé… si de hielo es su cuerpo es a mí a quien ella congelará, si amargo es su beso y repugnante su sexo, es mi boca y mi estomago quienes han de padecer y si abrumadora es su mirada y mentiras son sus palabras, es a mí a quien llegara la desilusión, es a mí a quien llegara la desilusión.

Al terminar con esas palabras la ví marcharse, Delfín hizo su aparición.

- Princesa.
- ¿Qué tanto hablaba con María?
- Nada de importancia.
- No parece, esta ofuscado.
- ¿Celos?
- ¿De María? Como se le ocurre.
- Ella solo me daba la bienvenida.
- No soy tonta.
- Me advertía sobre usted.
- ¿Qué dijo?
- Que jugaba conmigo.
- Y que tiene esa diabla con nombre de santa que opinar respecto a mi vida.
- Tranquilícese.
- Tengo algo que decirle.
- ¿De qué se trata?
- De la semana entrante en adelante suya será una noche, por el momento. No puedo atenderlo porque…

Ella me echó un vistazo, me vio muy elegante para ser una visita vespertina.

- Vengo a despedirme.
- ¿Despedirse?

Su voz tembló, lo percibí de inmediato y mi ego engrandeció fue entoncés que disipé mis dudas, los miedos, ví en su mirada el amor que nunca quiso mostrarme.

- Solo serán unos días. Es por la investigación de Plinio Mendoza.
- Pensé que su adiós…
- ¿Era definitivo?
- Me dolería.
- ¿Cuánto?
- El alma, su adiós me costaría el alma…
- Delfín…
- No, para usted quiero ser Lucrecia…

Al fín confesó su amor.

- Le quiero.
- ¿Por qué lo dice ahora? ¿Por qué no antes?
- Porque esa palabra… ¿despedirse dijo?
- ¿Sí?
- Hizo doler mi corazón, es usted la luz en tanta desolación, es…

Inmediatamente percató lo vulnerable que estaba ante mí presencia cambió su tono de voz pero ese cambio brusco no cambio en nada mi felicidad.

- Temo que algo le ocurra.
- Nada me ocurrirá. A usted he de volver.
- Temo que sus investigaciones le alejen de mí.
- Princesa, ¿hay algo que deba saber?
- Lo único que debe saber es que le quiero.
- Querer y amar…
- Confórmese por el momento con saber que guardo por usted una gran simpatía.

La noche siguiente regresé al salón en busca de Delfín, sin embargo la noticia que recibí fue desastrosa; me acerqué a Elisa y a María, la cortesana venenosa y arrogante que había intentado envenenarme.

- Podrían darme noticias de Delfín.
- ¿Qué no sabe usted…?

María contestó.

- Venga conmigo.

Intervino Elisa.

- ¿Qué sucede?
- Delfín no podrá verle esta noche…
- ¿Cómo es eso?
- Marcos quiso que ella le sirviera de compañía esta semana…

Interrumpí.

- ¿Una semana?
- Prometió volver la semana próxima y dejó dicho para usted que quiere verle a su regreso.
- ¿Y eso debe alegrarme? ¿Acaso debe una promesa en el aire, una promesa de una mujer…debe esa promesa alentarme o entristecerme al darme cuenta que juega conmigo como mejor le conviene…?
- No lo tome de esa manera. Le recuerdo que Delfín es una…
- Una cortesana, lo tengo muy claro.
- Al parecer a veces se olvida de ese detalle.
- ¿Una semana?
- Vaya a su casa, descanse, reflexione.
- ¿También usted dirá que no es mujer para mí…?

Elisa quedó callada, la miré con la llama de la rabia encendida tanto en mis ojos como en mis palabras.

- Y dice ser su amiga. No necesito ir a casa, lo que necesito es una copa.

Me alejé de Elisa, me acerqué a la barra. María se acercó.

- ¿Compañía?
- No gracias, tengo compañía de sobra.
- ¿La tristeza? Ella no es una buena compañera.
- ¿Qué desea?
- Acompañarle, escucharle, que escuche usted mi pesar.
- ¿Una amistad es lo que me ofrece?
- ¿Amistad? Nosotras las cortesanas no sabemos lo que es una amistad sin derechos.
- ¿Cómo llegó a este lugar? ¿Por qué?
- Pensaba cierto tiempo que la vida en la ciudad era fácil, dejé mi padre porque era muy latoso para mi gusto; después de llegar aquí la vida me golpeó muy fuerte. Tenía un amigo, éste al ver que no tenia donde quedarme me ofreció su hogar, al llegar nos embriagamos, me hizo suya y al despertar encontré junto a mí un par de billetes.

Pudé notar la amarga sonrisa que surgió en los labios de María.

- Al parecer era mi valor. Una noche llegó con un amigo, Raúl quien al verme después de lo que mi supuesto amigo debió contarle, me ofreció trabajo; dijo que dando uso de mi cuerpo en tres años podría dejar esa vida y hasta podría encontrar un esposo como muchas cortesanas que abandonan el oficio.
- ¿Qué sucedió?
- Pasarón cinco años y efectivamente tenía dinero suficiente pero ya no sabía vivir sin el salón, los vicios que abundan en él, así que meses después de haber partido regresé. A mi regreso me encontré con un gran hombre, le deje ir.
- No entiendo.
- Me sentía sucia, indigna y aquí estoy... en la suciedad de la vida alegre.

Pedí otra copa.

- Y usted, ¿qué le trajo por este burdel de mala muerte?
- Es un salón muy bonito.

- Bonito será para ustedes que encuentran lo que vienen a buscar.
- Ustedes obtienen algo a cambio.
- Si, algo que denigra cada vez más lo que alguna vez llamamos principios. ¿Ve ésa que esta allá, la del vestido rosa?
- ¿Si?
- Llegó aquí buscando refugio con la ilusión de marchar algún día. Al igual que ella, que yo, muchas más llegan con la misma idea. Diferentes historias que recaen en el mismo lugar, el burdel y a la hora de partir... ah la vida es nada y usted, ¿qué fue exactamente lo que le hizo venir? ¿Delfín? ¿Ya le habían hablado de ella?
- La investigación por la muerte de Plinio Mendoza.
- Ese Plinio, el que venía ver a Delfín, venia todas las noches, éra su favorito así como lo es Marcos ahora.

María había presionado la yaga, tomé todo el alcohol que aún había en mi copa, ella pudo notarlo de inmediato.

- Asumiré que ha quedado encantado.
- Maravillado...
- Usted no es hombre para Delfín, ella no merece tanto.
- ¿Y tú sí?
- No, yo menos que nadie pero apuesto a que le puedo dar una noche inolvidable.
- No traicionare a Delfín.
- Hombre pero si no es su esposa, es una cortesana y si a esas vamos ella le engaña a diario. En este momento imagino que no está pensando en usted. Hombre reaccione Delfín está en la cama con otro. Usted necesita olvidar al menos por hoy y yo necesito un cliente, Delfín no le juzgara, conque derecho habría de hacerlo... venga.

María había jugado muy bien con sus palabras, la seguí. Elisa me vio asombrada.

No puedo contarle con exactitud que pasó en aquella alcoba porque ni yo mismo recuerdo, solo sé que al bajar nuevamente al salón Elisa me abordó.

- ¡Pensé que usted estaba loco por Delfín!
- Y es así, lo que vio fue la rabia, los celos.
- Estaba equivocada al prevenirle, es a ella a quien debo prevenir.
- Piense lo que quiera.

Marché.

CAPITULO V

Al regreso de su viaje entró como toda una señora del brazo de Marcos, minutos más tarde me buscó, intentó saludarme pero yo volví mi rostro; me vio atónita, sabia de mis celos pero nunca imaginó tal recibimiento.

- No tiene derecho de tratarme de esta manera.
- ¿Se acostó con él? Pero que pregunta más tonta la mía.
- Si sabe la respuesta, ¿para qué pregunta?
- ¿Creé que le queda bien el papel de señora de sociedad.

La tomé por el brazo con la intención de llevarla algún lugar para que así nadie nos interrumpiera.

- No tiene derecho alguno sobre mí y según contarón la pasó bien con María.
- Lo hice por rabia, porque se había ido con él...

Ella interrumpió.

- Pensé mucho en usted.
- ¡Como creer en las palabras de una mujer de la calle!

Sé que esas palabras abrierón un grieta en el corazón de mi princesa puesto que ella me observo detenidamente con la mirada altiva.

- ¿Y quién ha dicho que le estoy dando mi palabra? Palabra de una cortesana solo la merece uno, ese a quien no le mentimos y créame que este no es su caso, ese hombre no es usted.
- ¿Y quién es?

- El amor verdadero. Las cortesanas somos personas muy a pesar del oficio tan denigrante. Por mi parte he decidido que mi corazón quedé sepultado así como me he sepultado yo en las sucias calles.
- ¿Dice usted que una mujer de la calle tiene palabra…?
- En efecto…
- ¿Y que además poseé el don de amar…?
- Con intensidad.
- Pero usted dijo no saber nada del amor.
- Mentí.
- No se burle de mí.
- No es una burla, es la verdad.
- ¿Lo promete usted?
- Ya le dije que no hago promesas. Solo se promete a un solo ser, ese por quien sentimos esa pasión desenfrenada.
- ¿Y cómo confiar en usted nuevamente?
- Ese es el sabor divino que hace extasiar a los hombres, aquel que hace regresen a mí.
- ¿La duda?
- Posiblemente.
- No sé si podré confiar en usted.
- No pido que lo haga, yo busco placer, usted de igual manera según dice. Limítese a dar y recibir un poco de compañía.
- Es usted impredecible, es lo que la diferencia de un montón de cortesanas.
- Gracias por el halago…
- La diferencia es que ellas hacen su trabajo y se retiran con dignidad al llevar presente lo que realmente son, otras fingen la dignidad que no poseén denigrándose cada vez más al tratar de aparentar lo que les queda grande, como acompañar un caballero de alta alcurnia por ejemplo.
- ¿Cómo se atreve…?
- A otros burlara con astucia, esos son los que se dejan embaucar por lo vulgar, otros hombres como yo, prefieren…
- Lo fácil.

- ¿Es usted difícil?
- Lo soy, solo estoy con el que deseo.

Quedó callada con el seño fruncido.

- Siendo así, lo fácil me es poco vulgar si comparamos el vulgarismo con la repugnancia de sus palabras, claro está.
- No me haga reír. ¿Acaso no fue usted quien insistió, quien esperaba por mí? ¿Quién es el que está haciendo una escena de celos ahora?
- No lo haré más, téngalo por seguro. Por un momento logró engañarme lo admito, ya no más. Buscaré algo más ligero en vista de que usted ya está muy pesada con todas las aventuras que ha tenido tanto en su cama como fuera de ella.
- No tengo ego si es lo que desea pisotear.
- Ese es su problema, siempre creé que se trata de usted, ¿quién ha dicho que quiero pisotearla? yo solo he venido esta noche a cumplir mi trabajo, he seguido con mis investigaciones.
- Un trabajo sucio… la mayor parte del tiempo corrupto.
- ¿Qué no es parecido al suyo?
- Yo brindo placer.
- A otros no a usted.
- ¿Quién le asegura que no me satisfago?
- Las palabras resentidas que utiliza. Una feliz mujer ríe de felicidad, una infeliz mujer ríe de hipocresía, además si a esas vamos yo también brindo placer al concluir un trabajo, solo que a diferencia suya soy yo el satisfecho.
- Hombre tenías que ser.
- Mujer de la calle tenías que ser.
- Eres…
- Solo tú te has arrebatado la dignidad a causa de la absurda abstinencia de abandonar la pobreza. Tú que andas perdida en la pobreza de la vanidad, dispuesta mil veces hacer llamada barata. A los hombres te entregas para regalar una

noche de placer ellos en cambio te toman para llevar a cabo sus más terribles fantasías.

Erés una más que vaga por el mundo en busca de ilusiones, desperdiciando los mejores años de tú vida, lo mejor de tú ser, has denigrado una vez más la dignidad de una mujer.

Mujer de la calle te nombran, mujer de una noche eso eres, una mujer que va vendiendo por doquier lo único que poseé, su mercancía desgastada. Mujer de una noche, una compañía más para una noche cualquiera.

Mujer de la calle, tú que está expuesta a los peligros que conlleva tú absurda profesión, tú que sabes los riesgos de un oficio como la prostitución, ¿por qué te empeñas en seguir adelante cuando sabes que solo la muerte ha de esperarte?

Oh mujer de la calle, mujer de una noche, no vendas más tú mercancía desgastada, no vendas más tus labios, tus pechos.

Mujer de la calle te nombran, mujer de una noche eso eres.

Ví los ojos de Delfín al terminar de recitar dicho poema, estaba petrificada.

- ¿Cuándo lo escribió? ¿Esa noche, con María?

Quedé callado, ella se impacientó.

- ¡Responda!
- No, lo escribí cuando llegué a casa, la rabia me invadió al saberla con otro.
- ¿Qué no sabía usted cuantos me frecuentaban antes de aparecer en mi vida? ¿Por qué los celos ahora?
- Marcos es diferente para usted, los otros solo fuerón clientes insignificantes, como yo…

Se aferró a sus evasivas.

- Buen consejo el que recitó sin embargo en su verso falta pasión a la hora de recitar, emoción.
- Es que usted está dedicada a lo vulgar y cualquier cosa que diga en contra de su oficio a de entrar por un oído y salir por el otro.
- Las cortesanas somos actrices. Nada como una buena actriz para escribir una historia.
- ¿Y dónde está esa historia que ha de sacarla de las calles?
- Muy gracioso. Ahora si me disculpa.
- Espere.
- ¿Qué no estaba loco por que lo abandonase?
- Aún lo estoy.
- Esa familiaridad con la que me ha detenido dice lo contrario.

Me acerqué a su oído.

- Solo quería hacerle saber que haga lo que haga nunca dejara de ser una más de la calle.
- Gracias por su deseo.

La voz de mi princesa se quebró, sus ojos brillarón por el dolor que causarón mis palabras.

- Ahora debo marchar, Marcos aguarda por mí.

A lo lejos la veía riendo con esa carcajada vulgar que revolvía mis sentidos. Estaba cerca del joven que enviarón en su lugar, gran amigo.

- Esto es una pérdida de tiempo, mire que estar investigando un tipo que nadie ha reclamado a pesar de ser adinerado según testigos.
- Tal vez no tenía familia o se desentendió de ella, quien sabe.
- Insisto en que es absurdo.
- Acerquémonos un poco más André, quiero escuchar lo que hablan en aquel grupo de la esquina.

- Usted lo que desea escuchar son las palabras de su cortesana, ¿le ama usted?
- Me entretiene.
- Se arriesga demasiado por esa entretención.

André y yo nos acercamos. Llegué justo a tiempo para que mi corazón bailara de alegría.

Delfín me alcanzo a ver, sus mejillas se tornarón rojas tal vez por la ira contenida. Ví a Marcos sostenerla por la cintura.

- ¿Qué sucede Nadia?
- Lo siento, esta noche no podré acompañarlo.
- Pero Nadia...
- Este desplante se lo devolveré con creces.
- Lo prometes...

Mi aliento se congeló.

- Yo no hago promesas.

Y volví a respirar. La risa se apoderó de mí al ver que mi princesa subía las escaleras en compañía de la soledad.

- No subió con el André.
- ¿Y eso que quiere decir?

André vio más allá de un mis ojos.

- ¿Está enamorado de ésa cortesana?
- Por supuesto que no.

Me las ingenie como pude e inmediatamente André no me veía subí las escaleras y fui tras Delfín. Allí se encontraba frente al espejo tocando un hermoso collar de perlas que llevaba puesto. La rabia volvió apoderarse de mí.

- Así que por ese collar sirvió de compañía una semana.
- Váyase, entre usted y yo todo ha acabado. Usted hizo trizas el deseo que despertaba en mí.

La tomé entre mis brazos y la volví al espejo nuevamente.

- ¿Ve eso que esta ahi? Su figura, lo más vulgar que mis ojos han visto y a la vez lo más hermoso.

La volví a mí.
- No subió con él.
- Toda una semana, necesitaba un descanso.
- ¿Me pensó?
- Váyase.
- Usted lo dijo, usted me pensó.
- Pero que contrariedad es esta, me ofende y minutos después esta aquí...
- Pensé que me rechazaría una vez más a causa de ese Marcos, usted me dijo que esa noche asistiera al salón...
- No dije que fuese seguro sin embargo prometí que a mi regreso le buscaría.

En ese instante los celos me cegarón al punto de que me negué a escuchar lo que mi princesa había dejado escapar de sus dulces labios.
- ¿Para entregarme nuevamente su piel llena de huellas por otro?

Permaneció callada ante mi reproche.
- Además, las promesas de terceros no es aconsejable aceptarlas.

Mi nariz rozó su nariz y mi respiración se tornó mezquina para conmigo.
- Entonces usted me pensó, repitalo.
- Conque lo imagine es suficiente.
- No, necesito escucharlo de sus labios.

Trató de evadirme con un beso pero yo tomé su bello rostro entre mis manos y le ví fijamente, ella esquivó la mirada.
- No soy digna de usted.
- ¿Quién lo dice? ¿La mujer o la cortesana?
- Ambas...

- Dígalo...
- Le pensé.
- No era lo que deseaba escuchar, usted dijo que una cortesana solo hace promesas a su amor y…

Volvió a besarme pero ante su evasiva me aparté.
- No la presionaré, no es necesario que lo diga.
- Gracias.

Tomó asiento en la cama, me pusé de cuclillas frente a ella, por primera vez ví una lágrima asomarse en los ojos de mi princesa, ella subió la cabeza para encontrarse con la ternura de mis ojos.
- Le pensé, como no hacerlo si es el único que me trata con respeto. Hace un momento me vio diferente de cómo me ve ahora y no me gustó esa mirada.
- Fuerón los celos porque yo le amo, juré que no me enamoraría pero usted me ha tocado el alma significativamente.

Ella tomó mi rostro en sus manos y besó mi frente.
- Jure que es por mí su desvelo.
- Lo juro
- Jure que es por mí su deseo, los latidos de su sentir y yo le confesaré entonces cuanto le amo.
- Lo juro, Lo juro.

En ese momento entró Marcos.
- ¿Está es la razón de su desplante? ¿Es de está manera cómo piensa pagar?
- Marcos…
- Pero que podía yo esperar de una cualquiera…

Marcos levanto su mano para azotar a Delfín, intervine.
- Si le toca le parto el alma.
- Iluso, no ve acaso que solo es una cortesana.
- Una persona como usted y como yo, un ser de carne y hueso con sentimientos…

- Entiendo que su belleza le ha cegado puesto que lo mismo ha hecho conmigo sin embargo demasiado he pagado ya para dejarla a un don nadie, salga de aquí ahora.
- No lo haré.
- Delfín...
- Váyase por favor...
- No la dejare sola.
- Si me aprecia tanto como dice demuéstrelo ahora.

Procedí a marchar, no había cerrado la puerta cuando escuché el primer azote que dio Marcos a mi princesa, quise entrar pero André y Raúl me detuvierón, me sentí como un cobarde, marché a casa. No pudé dormir en toda la noche.

Al día siguiente tocarón a mi puerta.
- Ella mandó a decir que no regrese.
- Elisa, por favor...
- Aléjese.
- ¿Cómo esta?
- Delfín está bien.
- No lo creo, ¿qué le hizo?
- Nada.
- Elisa no mienta.
- Si no se aleja Marcos le matará.
- No le tengo miedo.
- No hablo de usted, hablo de Delfín.
- Pero...
- Aléjese, es lo mejor
- No, ella tendrá que decirlo.

En cuestión de minutos estaba en el salón gritando el nombre de Delfín a toda voz para que abriera la puerta.
- ¡Váyase!

Se escuchó su voz tras la puerta cerrada con llave.
- No hasta que hable con usted.

Imagino que Delfín sabía que no marcharía como eran sus deseos, terminó abriendo la puerta.

Al entrar, Delfín cubría su rostro con sus cabellos. Intenté tocarle pero me evadió.

- Ya ha visto que estoy bien, váyase.

Fuí más ágil y pudé ver el moretón que traía en el ojo izquierdo, el sentimiento de la ira no se hizo esperar pero cuando intenté cruzar la puerta con la intención de ir tras Marcos, Delfín obstruyó mi paso.

- Se defenderme, no necesito de guardas más que los del salón.
- ¿Cómo puede permitirlo?
- Váyase, tengo clientes que atender.
- ¿Marcos?
- No, otros clientes.
- Usted dijo que solo atendía mis deseos y los de ese maldito.
- Y usted me creyó.
- Por supuesto.
- Creer en la palabra de una mujer de la calle no es aconsejable.

La miré incrédulo.

- Váyase y busqué otra que pueda darle todo lo que pide.
- Es lo que más deseo, mirar nuevos horizontes, adentrarme en la infinidad del cariño que ofrecen otros amores.
- En vista de lo que desea…
- Es lo que desea usted con tantas contradicciones, arrojarme en brazos de otros amores desencantándome al punto tal de conducirme a la desesperación de buscar consuelo a falta suya, en otros brazos.
- ¿Qué quisiera realmente?
- Que me quisiera.
- Y le deseo…

- No me refiero a ese deseo febríl que se desborda en una cama, me refiero al amor entre...
- ¿Un caballero y una cortesana?
- Un hombre y una mujer.
- Mujer tocada por muchos.
- Amada por uno.
- Ya váyase, Marcos ha de llegar.
- Pues que llegué.
- Con él, puede venir su muerte.
- De todos modos moriremos, que mejor que agonizar atado a tú pecho tomando el veneno letal de las mentiras que expulsa de su boca.
- Marcos no es alguien de fíar.
- Con criminales peligrosos me he enfrentado y el es...
- Mi dueño.
- ¡No! -Grite- Nadie tiene dueño.
- Lo tiene una prostituta y el es mi dueño.
- Nadie es dueño de nadie.
- El paga mis noches, por esas horas le pertenezco.
- Entonces yo pagaré.
- No me vea como tal.
- Pero es usted quien insiste en que yo le vea como tal, para mi es...
- Su princesa...
- Una princesa que ofrece un amor a medias.
- Ya nada puedo ofrecerle. Váyase, no me haga echarlo.
- Hágame echar entonces porque yo debo decirle sus verdades.

Elisa llegó para avisar de la llegada de Marcos.

- Marcos ha llegado.
- ¿Cómo es eso que necesita decirme mis verdades?
- Ya estoy cansado de sus contradicciones, de que juegue conmigo como mejor le parece.
- Lárguese.

- Dice conocer el amor pero déjeme decirle que es usted semejante fraude.

Entré las manos en el bolsillo del pantalón.

- ¿Qué hace?
- He consumido su tiempo, en estos minutos me he considerado su dueño.
- Es usted...
- Buena actriz, me creí cada mentira.

Al escuchar palabras de despecho Delfín se sintió herida.

- Es usted buen espectador.
- Al menos fuí real, yo amé.
- Y yo le repudio por esa osadía de buscarme cuando le pedí que no lo hiciera.

Tras escuchar las últimas palabras de mi princesa, salí sin decir nada más, tras cerrar la puerta escuché un sollozo, leve pero conciso. Quise entrar y consolarle pero sus palabras fuerón claras.

Al salir del salón me abordarón y en segundos me encontraba siendo golpeado en un callejón sin salida, eran tantos los golpes que ya no sentía dolor.

CAPITULO VI

Desperté en la cama de un hospital con tres fracturas en las costillas del costado derecho, una fractura en la pierna derecha, la clavícula destrozada y a punto de perder el ojo izquierdo.

El mensaje había quedado claro, Marcos sabia de los sentimientos de Delfín y se sentía amenazado. La puerta se abrió.

- Le dije que se alejara y no lo hizo.

Intenté hablar pero la voz se me hacia corta.

- No es preciso que se esfuerce, solo he venido a pedirle que se aleje.
- Pero...

Elisa no me dejó terminar y marchó. Varias fuerón las semanas que duré en el hospital, sin tener noticias de mi princesa. André como compañero fiel iba a verme de vez en cuando, fue insoportable escuchar su voz ruidosa, como si estuviese en una batalla todo el tiempo.

Varias veces le hice echar pero como perro fiel volvía. El capitán me visitó una que otra vez para recordarme que no debía insistir en otra paliza.

Después de un mes de recuperación pude emprender mi viaje tan deseado al salón de Raúl. Al llegar escuché la breve conversación entre Elisa y mi princesa.

- Amiga, no le viste como yo lo ví.
- ¿En tan mal estado se encontraba?
- Marcos no está jugando Delfín.
- Lo sé y fuiste testigo, le pedí que se alejara y el siguió insistiendo.
- Es muy persistente.
- Lo es.
- Delfín, Marcos acabará con él, no es justo.
- Se que no lo es.
- Confiésale la verdad, si la descubre por su propio medio, te odiara.

Antes de que mi princesa dijera algo más procedí a unirme a dicha conversación con la curiosidad desgarrando mis latidos.

- ¿Cuál es esa verdad?
- ¡Tú!
- ¿Quién odiara a quien?

Elisa no contestó.

- Le hice una pregunta Elisa.
- Yo me retiro.
- Elisa…

Elisa salió sin decir una palabra.

- Veo que esta mejor.

Levanté mi bastón y una sonrisa de lado a lado surgió al ver lo bella que seguía mi princesa.

- No fue a verme.

Me acerqué con intención de robarle un beso pero ella se alejó.

- Estuve ocupada.
- ¿A qué sé refería Elisa?
- Su recuperación fue rápida.

Al ver que me evadía me recosté de la pared y quedé en silencio.

- ¿Por qué me observa de esa manera?

- Es usted hermosa.
- Tengo que salir, será mejor que se vaya.
- ¿Cuál es esa verdad?
- Por favor…

Me acerqué a ella tan rápido como pude.

- ¿Quien ha de odiarla?
- Ella se refiere a usted.
- ¿A mí? ¿Por qué abría de odiarla?
- Creo que Elisa tiene razón, debo decirle la verdad.
- ¿Qué verdad es esa?
- Que no le amo, que lo mío con usted fue una apuesta.
- ¿Apuesta?
- Entre las cortesanas, apostamos a que un detective…
- ¡Calla! No quiero escuchar…
- Debe saberlo, es la verdad…
- No, lo dice para alejarme.
- Es la verdad.
- Esas noches no pudierón ser falsas.
- No del todo puesto que debo admitir es buen amante.

Me sentí utilizado.

- Ahora entiendo las palabras de María.
- Ya que…

Antes de que continuara le interrumpí.

- No puede ser verdad, retráctese por lo que más quiera.
- No me retractaré porque es la verdad.
- ¿Una apuesta? Eso es absurdo de creer.
- Aunque no quiera aceptarlo es la realidad.
- Si fue una apuesta, ¿no la cobro usted esa noche que la hice vivir, sentir…?
- Así es, esa noche la cuenta suya corrió por la casa.
- ¿Por la casa o por las cortesanas que apostarón a mi?
- Por quien haya sido.

- Esa noche que me pidió que volviese tras haber sido humillado de la peor manera, ¿fue una más de sus apuestas?
- Dije que podía tenerle en mis manos cuando quisiera, ellas lo dudarón así que efectivamente procedimos a una segunda apuesta.

Mis lágrimas no lograrón contenerse ante semejante confesión y saltarón al abismo, no dije nada más y procedí a marcharme.

Ese día no dejé de pensar en cada una de sus palabras, me invadió el recuerdo de todo lo vivido llegando a la conclusión de que ella solo quería que me alejara, de que su entrega no fue una falsa y que yo lo amaba.

Al día siguiente encontré a Delfín en uno de los pasillos del salón, entre con ella a su alcoba y le planté un beso, el cual ella correspondió.

- ¿Es este beso otro plan suyo? ¿Otra apuesta?
- Puede ser...
- Deje las estupideces.
- No es estupidez.
- Lo estuve pensando y me ama, lo sé...
- No es así.
- Esa entrega, esas noches...

Ella me vio directo a los ojos, supongo que vio la llama del deseo devorándome.

- ¿Por qué esta aquí?
- Deja los formalismos de una buena vez y dime lo que quiero escuchar, dime que me amas y juro que cualquier sacrificio que deba hacer por ti...
- ¿Qué ocurre?
- Dime la verdad, la merezco.

Besó mis labios.

- Te amo.
- Lo sabía.

- Bésame...

Acaricié cada parte de su cuerpo sin dejar el mas mínimo espacio libre de mis caricias, la pasión se hizo presente en mis dedos, mi lengua que se deslizaba con astucia y entusiasmo.

Su espalda baja fue todo un deleite para mis manos, sus pechos miel para la boca que con ellos jugarón al ritmo del deseo.

Al cabo de una hora la tenia recostada en mi pecho, la miraba tristemente.

- ¿Qué ocurre?
- Nada...
- ¿Qué pasa...?
- Reclamarón a Plinio Mendoza, tenía una esposa. Encontró una fotografía en el bolsillo de un pantalón.
- ¿Qué me quieres decir?
- Debías tener una relación más allá de servidor a cliente para entregarle una fotografía.
- No, no la tenía.
- Confía en mí.
- ¿Qué te incita salvarme?
- ¿Qué te incita ser lo que eres?
- Estas en todo el derecho de juzgarme.
- No soy un juez, solo soy un mortal como tú, un hombre que... gracias a tu belleza has ganado la oportunidad de ser escuchada.
- Hace un tiempo quería dejar esta vida, el no me era indiferente y tenía algo que ofrecer...

Ella guardo silencio.

- Prosigue.
- Plinio quería todo conmigo menos algún compromiso que lo atara a una cortesana de por vida. Un año pasó y yo seguía en condición de amante, de cortesana y a diferencia tuya a Plinio no le molestaba en lo absoluto que otros me tocaran, el decía que se conformaba con saber que era mi dueño,

que le agradaba la idea de que otros me hicieran suya, era su manera de demostrar que tenia para sí el amor de una mujer apetecible.

- ¡Era un enfermo!
- Una tarde discutimos y decidí dejarlo.
- ¿Por qué la pelea?
- El quería que yo sostuviese relaciones con un amigo suyo cuando yo lo que deseaba era dejar este estilo de vida.
- Era un maldito.
- Yo huía de él, me acosaba…
- ¿Qué paso esa noche?
- Esa noche entró en mi habitación, me tomó en sus brazos y me hizo suya en contra de mi voluntad. Era la primera vez que alguien abusaba de mí, los demás me habían tratado como una cualquiera sí, pero nunca antes me habían ultrajado...
- ¿Qué pasó después?
- El seguía sobre mí, en cada penetración mi repugnancia aumentaba, su aliento a alcohol me era repulsivo, tomé en mis mano una lámpara y lo golpeé tan fuerte como pude, el cayó al suelo, fui de prisa a la alcoba de Elisa, ella mando llamar a Raúl.
- ¿Ellos te ayudarón?

Asintió con la cabeza.

- Después de entonces con el único hombre con el que he podido sostener relaciones sin querer devolverlo todo, eres tú. Ese día, cuando me hiciste tuya tan salvajemente reviviste aquella escena, por eso hice que te echaran a la calle.
- ¿Por qué volviste a buscarme?
- Te busqué porque te extrañaba.
- ¿Por qué las mentiras? Me heriste.
- Temí a que te enteraras por medio de tus investigaciones y que me odiaras sin darme apenas la oportunidad de

explicarte, además de las amenazas de Marcos, temí que pudiese lastimarte.

- De cualquier manera me hiciste sentir...

Ella me interrumpió.

- Era mejor saberme odiada por ramera y no por asesina, que te alejaras de mi por voluntad propia y no porque Marcos te apartara de mi.
- No sabía cómo habían pasado los hechos pero ya sospechaba de ti.
- Lo sé, pero te perdiste en mí y echaste la investigación a un lado.
- Así es...

La miré fijamente con tristeza mientras tocaba su cabellera.

- No quiero tú lastima.
- No es lastima princesa, lo que siento por ti es amor, ya lo he repetido hasta el cansancio.
- Yo no puedo...
- Dame la oportunidad de transformar esas perlas malditas por el frió que en ellas invernan en libertad, dame la alegría de abrigar la frialdad de tu tristeza, déjame amarte, acompañarte en tú camino.
- No es tan fácil, tengo sueños que no puedes cumplir, quiero viajar por el mundo con la frente en alto, libre como al mundo he venido.
- Por favor, dame la oportunidad de llegar a la última estación con un te amo, permite que me aloje en tú alma para dormir en tú corazón, déjame cumplir la meta ya trazada, conquistarte por completo. Date la oportunidad de amar.
- No puedo.
- Te...
- Shh, no lo digas por favor.
- Déjate llevar.
- No puedo darme ese lujo.
- Delfín...

- No, para ti solo quiero ser tú princesa.
- Te amo.
- No, tú amas a Delfín.
- No, yo amo lo que eres…
- Cumple con tú trabajo.
- ¿Qué ha de pasar con todo lo que siento por ti?
- Yo no soy más que una mujer de una noche…
- No, tú eres una…
- ¡Cortesana!
- Mi cortesana, la mujer…
- Que ha vivido con tantos…
- No, la que fue tocada en contra de su voluntad, la mujer que amo.
- Todos han de señalarte.
- A ti están cansados de hacerlo y lo has soportado.
- Tú no sabes lo que es…
- Quiero saberlo.
- No quiero arrastrarte conmigo.
- Si no lo haces me arrastraras al abismo de la locura, ¿es eso lo que deseas? ¿Qué tú belleza sea mi encierro?
- No.
- Entonces déjame amarte.
- No quiero que seas condenado por mi causa.
- Yo quiero ser prisionero de tú belleza.
- No, tú quieres ser prisionero de la muerte. Cumple con tú trabajo.
- No pienso hacerlo, no lo haré.

Ella se quedó dormida. La contemplé, la acaricié hasta quedar rendido.

Al despertar ví a mi lado una hoja de papel. Solo tuve que ver la carta para imaginar lo sucedido, tiré la carta sin leerla mientras me vestía. Varias veces me albergó la duda de leer su contenido.

Pensaba que ella se burlaría de mí en dicha carta, que había escapado como la criminal que es pero al leerla me hizo entender cuál era mi propósito en la vida. Estar en el lugar correcto para defender a mi princesa, ese era mi propósito.

No podía, no debo arrastrarte conmigo. Por primera vez fui amada, gracias a ti recupere la confianza pero eso no borra mí pasado. Cargó en mis hombros muchos pecados, sería injusto compartirlos contigo, dejar que los laves por mí.

Ese te amo que pronunciaste traspasó más allá de un corazón herido pero no fue suficiente para que deje de ser la mujer de una noche que guarda en sus perlas marchitas la frialdad de un pedazo de hielo.

Lucrecia...

Se escucharón las sirenas, dejé caer la carta por segunda vez.

El capitán me esposó por haber dejado que ella escapara, me llevarón al cuartucho de interrogaciones. Les dije que había matado a Plinio para liberarla de todos los cargos, dije que tenía algún tiempo frecuentando a Delfín y que al saber de Plinio por celos le di muerte.

Elisa y Raúl corroborarón con mi declaración, fui sentenciado a 20 años. Según las autoridades los celos me enloquecierón pero yo no creo que fuerón los celos, fue la belleza de mi princesa y sí, me enloquecierón al punto de enfrentar cargos por la muerte de un hombre al cual desconocía.

Lo último que supe de Delfín es que esta fuera del país como lo había soñado. La última vez que vi a Raúl fue hace 6 años, dijo que Delfín mandaba saludos y muchos besos.

Su frialdad me congeló y no pude abrazar sus saludos, repudié sus besos por atreverse a abandonarme después de lo que había hecho por ella.

Con esta carta finalizó su condena, le libero de la postura de confidente silente que sin preguntar di a su persona sin embargo usted debe saber mi gran amigo que las ganas de verle a ella se convirtió en mi agonía.

Muchas veces imaginé estar bajo su cuerpo observando su sonrisa, hablándole al oído, contando mis hazañas del día, mis alegrías, mi tristeza.

La almohada ya está cansada de escucharme repetir su nombre, así como lo debe estar usted con tantas cartas, como los sueños ya están cansados de su imagen, el viento de mis lamentos y yo de su recuerdo.

He decidido amigo mío navegar en otros mares ajenos a sus horizontes, he decidido en cuanto me permitan volar como paloma de este nido sombrío, buscar a un ser que quiera dar posada a mi mirada, he decidido buscar abrigo en otros brazos y romper el hielo en el que ella ha envuelto el palpitar sediento de mis emociones.

Persigo desde hoy la aventura que no quiso brindarme. El amor que a ella ofrecí se marchita lentamente así como la ternura fue cubierta por la gruesa capa de hielo que hoy cubre su esencia.

Y cuando algún día se pregunte el porqué de su soledad, espero resalten en su mente la imagen de mi triste mirar, espero sienta la furia del desprecio que me brindó y así sentirá entonces que su soledad se la debe a ese alguien que dejo de insistir.

Sus lágrimas derretirán el pedazo de hielo que ella osa llamar corazón.

No habrá cabida alguna para el arrepentimiento, yo por mi parte he de ignorar su lamento aunque me consuma el tiempo, aunque me consuma la tristeza por la ingratitud que ha mostrado mi princesa, mas que otra cosa podía esperarse de un témpano de hielo que navega en la pista nocturna en búsqueda de un horizonte helado.

PROLOGO

- A Braulio le ha llegado este paquete.
- Déjalo en su escritorio, acaba de salir pero no tarda.
- ¿Cómo has pasado el día?
- Pésimo, acabo de ver el paciente de las cartas.
- ¿Y bien?
- Esto fue lo último que le escribió a Ramón. Su fiel amigo.
- Que historia más triste, mira que matar a su amigo.
- Pues si, según sé el tal Ramón y nuestro escritor eran grandes amigos sin embargo cometierón el error de enamorarse de la misma mujer y pues al saber que este iba a casarse con Lucrecia, en su locura le mató.
- ¿Lucrecia? ¿No se llamaba Nadia?
- Nadia, Delfín, Lucrecia, fuerón los nombres que quiso dar a su fantasía, según María, la psicóloga quiso inventarle como dice en sus cartas. Éste hombre perdió la razón por completo.
- No puedo creerlo.
- Fue un pobre diablo que se enamoró de la prometida de su mejor amigo.
- Su princesa de hielo.
- De hielo tenía que ser su mirada, que otra mirada puede darle una buena mujer a un acosador. Nunca fue prostituta ni nada que se le parezca, nunca le ofreció sus servicios. Él, la quería tanto…
- Espérame, eso no es amor, es un desequilibrio enorme.

- Se obsesionó de tal manera que ve las consecuencias, ¿te acuerdas las cartas que te mostré?
- Si.
- El abusó de ella, el tal Ramón lo sacó a patadas a la calle después de haberlo encontrado en el acto. Tuvierón una riña atroz, Ramón le perdonó en nombre de la amistad que habían sostenido desde años.
- Ese fue un error, al menos debió dar parte a la policía.
- Lo hizo, pero Daniel se escondió muy bien y en un descuido de Ramón éste no perdió oportunidad y le mató.
- Supongo que fue entonces cuando se dio cuenta de su estupidez y enloqueció verdaderamente.
- El fue ese cerdo que tanto odiaba, el Plinio Mendoza que mató en su historia, como no iba a querer matarse…
- Creo que no soportaba la culpa.
- Así es, y como no tenía el valor de quitarse la vida, quiso causar su muerte al menos en su locura total.
- Ahora comprendo la falta de concordancia en su historia.
- ¿Qué concordancia puede tener la historia de un hombre internado en un sanatorio, Marcos?
- Existen casos especiales, personas que se recuperan, lo sabes.
- No Daniel, no mi poeta.
- ¿Poeta?
- Eso explica el porqué de su intelecto.
- ¿Raúl, que pasará con él, lleva cinco años y no ha avanzado en nada al contrario, cada día está más agresivo?
- Lo trasladaran a un sanatorio más seguro.
- Supongo que aquí termina nuestro trabajo.
- Si, aquí es donde se cierra dicho caso.